Gringo viejo

Carlos Fuentes

Gringo Viejo

El papel utilizado para la impresión de este libro ha sido fabricado a partir de madera
procedente de bosques y plantaciones gestionadas con los más altos estándares ambientales,
garantizando una explotación de los recursos sostenible con el medio ambiente y beneficiosa para las personas.

Penguin
Random House
Grupo Editorial

Gringo viejo

Primera edición: octubre de 2007
Segunda edición: octubre de 2021

D. R. © 1985, Carlos Fuentes y herederos de Carlos Fuentes

D. R. © 2021, derechos de edición mundiales en lengua castellana:
Penguin Random House Grupo Editorial, S. A. de C. V.
Blvd. Miguel de Cervantes Saavedra núm. 301, 1er piso,
colonia Granada, alcaldía Miguel Hidalgo, C. P. 11520,
Ciudad de México

penguinlibros.com

D. R. © Alejandro Magallanes, por el diseño de portada

ISBN: 978-607-380-761-6

Impreso en México – *Printed in Mexico*

A William Styron, cuyo padre me incluía en sus sueños sobre la guerra civil norteamericana.

Mas, ¿quién conoce el destino de sus huesos, o cuántas veces va a ser enterrado?

THOMAS BROWNE

Lo que tú llamas morirse es simplemente el último dolor.

AMBROSE BIERCE

I

Ella se sienta sola y recuerda.

Vio una y otra vez los espectros de Arroyo y la mujer con cara de luna y el gringo viejo, cruzando frente a su ventana. No eran fantasmas. Sencillamente, habían movilizado sus propios pasados, con la esperanza de que ella haría lo mismo reuniéndose con ellos.

Pero a ella le tomó largo tiempo hacerlo.

Primero tuvo que dejar de odiar a Tomás Arroyo por enseñarle lo que pudo ser y luego prohibirle que jamás fuese lo que ella pudo ser.

Él siempre supo que ella regresaría a su casa.

Pero le permitió verse cómo sería si hubiera permanecido; y esto es lo que ella nunca podría hacer.

Este odio tuvo que purgarse dentro de ella, y le tomó muchos años hacerlo. El gringo viejo ya no estaba allí para ayudarla. Tomás Arroyo ya no estaba allí. Tom Brook. Pudo haberle dado un hijo así nombrado. No tenía derecho a pensarlo. La mujer de la cara de luna se lo había llevado con ella a un destino sin nombre. Tomás Arroyo había terminado.

Los únicos momentos que le quedaban eran aquellos cuando ella cruzó la frontera y miró hacia atrás y vio a los dos hombres, el soldado Inocencio y el niño Pedrito, y detrás de ellos, lo piensa ahora, vio al polvo organizarse en una especie de cronología silenciosa que le pedía recordar, ella fue a México y regresó a su tierra sin memoria y México ya no estaba al alcance de la mano. México había desaparecido para siempre, pero cruzando el puente, del otro lado del río, un polvo memorioso insistía en organizarse sólo para ella y atravesar la frontera y barrer sobre el mezquite y los trigales, los llanos y los montes humeantes, los largos ríos hondos y verdes que el gringo viejo había anhelado, hasta llegar a su apartamento en Washington en la ribera del Potomac, el Atlántico, el centro del mundo.

El polvo se esparció y le dijo que ahora ella estaba sola.

Y recordaba.

Sola.

II

—El gringo viejo vino a México a morirse.

El coronel Frutos García ordenó que rodearan el montículo de linternas y se pusieran a escarbar recio. Los soldados de torso desnudo y nucas sudorosas agarraron las palas y las clavaron en el mezquital.

Gringo viejo: así le dijeron al hombre aquel que el coronel recordaba ahora mientras el niño Pedro miraba intensamente a los hombres trabajando en la noche del desierto: el niño vio de nuevo una pistola cruzándose en el aire con un peso de plata.

—Por puro accidente nos encontramos aquella mañana en Chihuahua y aunque él no lo dijo, todos entendimos que estaba aquí para que lo matáramos nosotros, los mexicanos. A eso vino. Por eso cruzó la frontera, en aquellas épocas en que muy pocos nos apartábamos del lugar de nuestro nacimiento.

Las paletadas de tierra eran nubes rojas extraviadas de la altura: demasiado cerca del suelo y la luz de las linternas. —Ellos, los gringos, sí —dijo el coronel Frutos García—, se pasaron la vida cruzando fronteras, las suyas y las ajenas —y ahora el viejo la había cruzado hacia el sur porque ya no tenía fronteras que cruzar en su propio país.

—Cuidadito.

("¿Y la frontera de aquí adentro?", había dicho la gringa tocándose la cabeza. "¿Y la frontera de acá adentro?", había dicho el general Arroyo tocándose el corazón. "Hay una frontera que sólo nos atrevemos a cruzar de noche —había dicho el gringo viejo—: la frontera de nuestras diferencias con los demás, de nuestros combates con nosotros mismos.")

—El gringo viejo se murió en México. No más porque cruzó la frontera. ¿No era ésa razón de sobra? —dijo el coronel Frutos García.

—¿Recuerdan cómo se ponía si se cortaba la cara al rasurarse? —dijo Inocencio Mansalvo con sus angostos ojos verdes.

—O el miedo que le tenía a los perros rabiosos —añadió el coronel.

—No, no es cierto, era valiente —dijo el niño Pedro.

—Pues para mí que era un santo —se rió la Garduña.

—No, simplemente quería ser recordado siempre como fue —dijo Harriet Winslow.

—Cuidadito, cuidadito.

—Mucho más tarde, todos nos fuimos enterando a pedacitos de su vida y entendimos por qué vino a México el gringo viejo. Tenía razón, supongo. Desde que llegó dio a entender que se sentía fatigado; las cosas ya no marchaban como antes, y nosotros lo respetábamos porque aquí nunca pareció cansado y se mostró tan valiente como el que más. Tienes razón, muchacho, demasiado valiente para su propio bien.

—Cuidadito.

Las palas pegaron contra la madera y los soldados se detuvieron un instante, limpiándose el sudor de las frentes.

Bromeaba el gringo viejo: "Quiero ir a ver si esos mexicanos saben disparar derecho. Mi trabajo ha terminado y yo también. Me gusta el juego, me gusta la pelea, quiero verla."

—Claro, tenía ojos de despedida.

—No tenía familia.

—Se había retirado y andaba recorriendo los lugares de su juventud, California donde trabajó de periodista, el sur de los Estados Unidos donde peleó durante la guerra civil, Nueva Orléans donde le gustaba beber y mujerear y sentirse el mero diablo.

—Ah qué mi coronel tan sabedor.

—Cuidadito con el coronel; parece que ya se le subieron y nomás está oyendo.

—Y ahora México: una memoria de su familia, un lugar a donde su padre había venido, de soldado también, cuando nos invadieron hace más de medio siglo.

"Fue un soldado, luchó contra salvajes desnudos y siguió la bandera de su país hasta la capital de una raza civilizada, muy al sur."

Bromeaba el gringo viejo: "Quiero ir a ver si esos mexicanos saben disparar derecho. Mi trabajo ha terminado y yo también."

—Esto no lo entendíamos porque lo vimos llegar tan girito al viejo, tan derechito y sin que las manos le temblaran. Si entró a la tropa de mi general Arroyo fue porque tú mismo, Pedrito, le diste la oportunidad y él se la ganó con una Colt 44.

Los hombres se hincaron alrededor de la fosa abierta y arañaron los ángulos de la caja de pino.

—Pero también decía que morir despedazado delante de un paredón mexicano no era una mala manera de despedirse del mundo. Sonreía: "Es mejor que morirse de anciano, de enfermedades o porque se cayó uno por la escalera."

El coronel se quedó callado un instante: tuvo la clara sensación de oír una gota que caía en medio del desierto. Miró al cielo seco. El rumor del océano se apagó.

—Nunca supimos cómo se llamaba de verdad —añadió mirando a Inocencio Mansalvo, desnudo y sudoroso, de rodillas ante la caja pesada y tenazmente atada al desierto, como si en tan poco tiempo hubiera echado raíces—; los nombres gringos nos cuestan mucho trabajo, igual que las caras gringas, que todas nos parecen igualitas; hablan en chino los gringos —se carcajeó la Garduña, que por nada de este mundo se perdía un entierro, cuantimenos un desentierro—; sus caras son en chino, deslavadas, toditas igualitas para nosotros.

Inocencio Mansalvo arrancó un tablón medio podrido de la caja y apareció la cara del gringo viejo, devorada por la noche más que por la muerte: devorada, pensó el coronel Frutos García, por la naturaleza. Esto le daba al rostro curtido, verdoso, extrañamente sonriente porque el rictus de la boca había dejado al descubierto las encías y los dientes largos, dientes de caballo y de gringo, un aire de burla permanente.

Todos se quedaron mirando un minuto lo que las luces de la noche dejaban ver, que eran las luces gemelas de los ojos hundidos pero abiertos del cadáver. Al niño lo que más le llamó la atención fue que el gringo apareciera peinado en la muerte, el pelo blanco aplacado como si allá abajo anduviera un diablito peinador encargado de humedecerles el pelo a los muertos para que se vieran bien al encontrarse con la pelona.

—La pelona —exclamó a carcajadas la Garduña.

—Apúrenle, apúrenle —dio la orden Frutos García—, sáquenlo de prisa que mañana mismo debe estar en Camargo el cabrón viejo éste —dijo con la voz medio atorada el coronel—, apúrense que ya va camino del polvo y si viniera un viento, se nos va para siempre el gringo viejo…

Y la verdad es que casi sucedió así, soplando el viento entre tierras abandonadas, barriales y salinas, tierras de indios insumisos y españoles renegados, cuatreros azarosos y minas dejadas a la oscura inundación del infierno: la verdad es que casi se va el cadáver del gringo viejo a unirse al viento del desierto, como si la frontera que un día cruzó fuera de aire y no de tierra y abarcara todos los tiempos que ellos podían recordar detenidos allí, con un muerto desenterrado entre los brazos —la Garduña quitándole la tierra del cuerpo al gringo viejo, gimiente, apresurada; el niño sin atreverse a tocar a un muerto: los demás recordando a ciegas los largos tiempos y los vastos espacios de un lado y otro de la herida que al norte se abría como el río mismo desde los cañones despeñados: islas en los desiertos del norte, viejas tierras de los pueblos, los navajos y los apaches, cazadores y campesinos sometidos a medias a las furias aventureras de España en América: las tierras de Chihuahua y el Río Grande venían misteriosamente a morir aquí, en este páramo donde ellos, un grupo de soldados, mantenían por unos segundos la postura de la piedad, azorados ante su propio acto y la compasión hermana del acto, hasta que el coronel dijo de prisa, rompió el instante, de prisa, muchachos, hay que devolver al gringo a su tierra, son órdenes de mi general.

Y luego miró los ojos azules hundidos del muerto y se asustó porque los vio perder por un momento la lejanía que necesitamos darle a la muerte. A esos ojos les dijo porque parecían vivos aún:

—¿Nunca piensan ustedes que toda esta tierra fue nuestra? Ah, nuestro rencor y nuestra memoria van juntos.

Inocencio Mansalvo miró duro a su coronel Frutos García y se puso el sombrero texano cubierto de tierra. Se fue hacia su caballo regando tierra desde la cabeza y luego todo se precipitó, acciones, órdenes, movimientos: una sola escena, cada vez más lejana, más apagada, hasta que ya no fue posible ver al grupo del coronel Frutos García y el niño Pedro, la carcajeante Garduña y el rendido Inocencio Mansalvo: los soldados y el cadáver del gringo viejo, envuelto en una frazada y amarrado, tieso, a un trineo del desierto: una camilla de ocote y cuerdas de cuero arrastrada por dos caballos ciegos.

—Ah —sonrió el coronel—, ser un gringo en México. Eso es mejor que suicidarse. Eso decía el gringo viejo.

III

Apenas cruzó el Río Grande, escuchó el estallido y volteó a mirar el puente en llamas.

Había descendido del tren en El Paso con su maletín negro plegadizo, lo que entonces se llamaba una maleta "Gladstone", vestido todo él de negro salvo los blancos blasones de sus puños y su pechera. Se dijo que en este viaje no iba a necesitar demasiado equipaje. Caminó unas cuantas cuadras por la ciudad fronteriza; la había imaginado más triste y desganada y vieja de lo que realmente era, enferma también de la revolución, de la cólera del otro lado. Era una ciudad, en cambio, de automóviles nuevecitos, tiendas de cinco-y-diez y gente joven, tan joven que ni siquiera había nacido en el siglo XIX. Buscó en vano su idea de la frontera americana. No era fácil comprar un caballo sin esquivar preguntas inoportunas sobre el destino del jinete.

Podía cruzar la frontera y comprarlo en México. Pero el viejo quería hacerse difícil la vida. Además, se le había metido en la cabeza que necesitaba un caballo americano. En caso de que le abrieran la maleta en la aduana, sólo encontrarían unos sándwiches de tocino, una navaja de rasurar, un cepillo de dientes, un par de libros suyos y un ejemplar del *Quijote*; una camisa limpia y una pistola Colt escondida entre sus cachorones. No quería dar razones para viajar tan ligera aunque tan precisamente.

—Me propongo ser un cadáver bien parecido.

—¿Y los libros, señor?

—Son míos.

—Nadie insinuó que se los hubiera robado.

El viejo se resignaría, sin entrar en mayores explicaciones.

—Nunca he podido leer el *Quijote* en mi vida. Quisiera hacerlo antes de morir. Yo ya dejé de escribir para siempre.

Se imaginó todo esto y al que le vendió el caballo le dijo que iba a buscar tierras para fraccionar al norte de la ciudad; un caballo seguía siendo más útil en la salvia que una de esas máquinas infernales. El vendedor le dijo que así era y ojalá todo mundo pensara como él, pues nadie compraba caballos ahora, sino los agentes de los rebeldes mexicanos. Por eso era un poquito alto el precio, considerando que había una revolución del otro lado de la frontera, y las revoluciones son buenas para los negocios.

—Así que todavía se puede dar buen uso a un buen caballo —dijo el viejo y salió montado sobre una yegua blanca que sería visible de noche y le dificultaría la vida a su dueño cuando su dueño quisiera tener la vida difícil.

Ahora tenía que mantener su sentido de orientación, pues si la frontera estaba dibujada ancha y clara en el río que divide a El Paso y Ciudad Juárez, más allá de la población mexicana no había más delimitación que la distancia donde se unen el cielo y el llano sucio y seco.

La línea del encuentro se alejó a medida que el viejo avanzó, con sus piernas largas colgando bajo el vientre de la yegua y el maletín negro anidado en el regazo. Unos veinte kilómetros al oeste de El Paso vadeó el río en su parte más estrecha, la atención de todos distraída por el estallido en el puente. En la mirada clara del viejo se reunieron en ese instante las ciudades de oro, las expediciones que nunca regresaron, los frailes perdidos, las tribus errantes y moribundas de indios tobosos y laguneros sobrevivientes de las epidemias europeas que huyeron de las poblaciones españolas para tomar el caballo y el arco y luego el fusil, en un movimiento perpetuo de fundaciones y disoluciones, bonanzas y depresiones en los reales de minas, genocidios tan gigantescos como la tierra y tan olvidados como el rencor acumulado de sus hombres.

Rebelión y represión, plaga y hambre: el viejo supo que entraba a las inquietas tierras de Chihuahua y el Río Grande, dejando atrás el refugio de El Paso fundado con ciento treinta colonos y siete mil cabezas de ganado. Abandonaba el refugio consagrado de los fugitivos de norte y sur: un abrigo ralo, precario sobre la tierra dura de los desiertos: una calle central, un hotel y una pianola, fuentes de sodas y Fords con hipo y la respuesta del norte invasor a los espejismos del desierto: un puente colgante de fierro, una estación de ferrocarril, una bruma azul importada de Chicago y Filadelfia.

Él mismo era ahora un fugitivo voluntario, tan fugitivo como los antiguos sobrevivientes de asaltos de conchos y apaches revertidos al nomadismo cruel de la necesidad, la enfermedad, la injusticia y el desengaño: todo esto escribió en su cabeza el gringo viejo al cruzar la frontera entre México y los Estados Unidos. Con razón todos se cansaron de tanto huir y se quedaron enredados en las espinas de las haciendas durante más de cien años.

Pero acaso él traía otro temor y lo dijo al cruzar la frontera:

—Temo que la verdadera frontera la trae cada uno adentro.

El puente estalló a lo lejos y él se dirigió a la derecha y al sur, y sintió que iba bien orientado (ya estaba en México y eso le bastaba) cuando al atardecer olió las tortillas calientes y los frijoles refritos.

Se acercó al caserío de adobe gris y preguntó, en su español acentuado, si podrían darle una comida y una manta para dormir. La pareja gorda de la casa humeante dijo sí, ésta es su casa, señor.

Conocía la frase ritual de la cortesía mexicana y sospechaba que después de ofrecer la casa, el anfitrión se sentiría libre de someter al huésped a toda clase de vejaciones y caprichos, sobre todo los de la sospecha celosa. Pero frenó su deseo de provocar; todavía no, se dijo, todavía no. Esa noche, mientras dormitaba, vestido de negro, sobre el petate, escuchando la pesada respiración de sus anfitriones, oliendo los espesos olores de la pareja y de sus perros, diferentes de él porque comían distinto y pensaban y amaban y temían distinto, le gustó la idea de que le ofrecieran una casa. Qué había perdido sino eso, en cuatro golpes sucesivos e irremediables y al cabo no tenía otra razón, admitió en contra de su propio guiño adormecido pero malicioso, para trotar ahora hacia el sur, la única frontera que le iba quedando después de agotar en sus setenta y un años de vida los otros tres costados del continente norteamericano y hasta la frontera negra que los confederados quisieron abrirles en el 61. Ahora sólo le quedaba el sur abierto, la única puerta para salir al encuentro de un quinto golpe ciego y asesino de la muerte.

Amaneció en el filo de la montaña.

—¿Por aquí se va a Chihuahua? —le preguntó al casero gordo.

El mexicano asintió y preguntó a su vez con una mirada recelosa hacia la puerta cerrada de su casa:

—¿Y a usted qué lo lleva a Chihuahua, míster?

Añadió una *e* ligera y final a la palabra, haciéndola sonar como *místere*, y el viejo pensó que la ventaja inicial que un gringo siempre tenía sobre un mexicano era la de ser un misterio, algo que no se sabía cómo tomar: amigo o enemigo. Aunque generalmente no les daban el beneficio de esta duda.

El casero seguía hablando:

—La lucha está dura por allí; ése es el territorio de Pancho Villa.

La mirada fue más elocuente que las palabras. El viejo le dio las gracias y siguió su camino. Atrás, oyó al casero abrir la puerta y regañar a la mujer que sólo entonces se atrevió a mostrar las narices. Pero el gringo quiso imaginar unos ojos de melancolía negra: el viaje es doloroso para la que se queda, y más bello de lo que jamás será para el viajante. El gringo viejo quiso rechazar la reconfortante noción de que su presencia en casa ajena todavía podía provocar celos.

Las montañas se levantaban como puños morenos y gastados y el viejo pensó que el cuerpo de México era un gigantesco cadáver con huesos de plata, ojos de oro, carne de piedra y un par de cojones duros de cobre.

Las montañas eran los puños. Iba a abrirlos, uno tras otro, en espera de que tarde o temprano encontraría, como hormigas apresuradas sobre una palma de hondos surcos, lo que buscaba.

Esa noche, amarró su caballo a un gigantesco cacto y se hundió en un sueño hambriento, dando gracias por su ropa interior de lana. Soñó con lo que vio antes de dormirse: las nacientes estrellas azules y las amarillas, moribundas; trató de olvidar a sus hijos muertos, preguntándose cuáles estrellas estaban apagadas ya, su luz nada más que su propia ilusión: una herencia de las estrellas muertas para las miradas humanas que continuarían alabándolas siglos después de su desaparición en una antigua catástrofe de polvo y llamas.

Soñó que cruzaba un puente en llamas. Despertó. No soñó. Lo había visto la mañana cuando entró a México. Pero sus ojos despiertos miraron a las estrellas y el viejo se dijo: "Mis ojos brillan más que cualquier estrella. Nadie me verá decrépito. Siempre seré joven porque hoy me atrevo a volver a ser joven. Siempre seré recordado como fui."

Ojos de azul profundo, azul acero, bajo cejas moteadas, casi rubias. No eran la mejor defensa contra el sol enojado y el viento crudo que al día siguiente lo llevaron al corazón del desierto mientras mordisqueaba un sándwich seco y se acomodaba un Stetson negro informe, de alas anchas, sobre la mata de pelo plateado. Se sintió como un gigantesco monstruo albino en un mundo reservado por el sol para su pueblo amado, oscuramente protegido y cercano a la sombra. Cesó el viento y quedó el sol. En la tarde, se le estaría pelando la piel. Se encontraba en el desierto mexicano, hermano del Sáhara y del Gobi, continuación del Arizona y el Yuma, espejos del cinturón de esplendores estériles que ciñe al globo como para recordarle que las arenas frías, los cielos ardientes y la belleza yerma, esperan alertas y pacientes para volver a apoderarse de la Tierra desde su vientre mismo: el desierto.

—El gringo viejo vino a México a morirse.

Y sin embargo, montado en la yegua blanca y avanzando sin prisa, sintió que su voluntad de extinción era una burla. Miró cuanto le rodeaba. La lechuguilla se levantaba nerviosa como alambre y afilada como punta de espada. En toda la rama del ocotillo, las espinas protegían la belleza intocable de una flor salvajemente roja. El sauce del desierto concentraba en una sola flor morada y pálida toda la dulzura de su perfume nauseabundo. La choya crecía caprichosa y grande, escuchando sus flores amarillas. Si el gringo iba en busca de Villa y la revolución, el desierto era ya un simulacro de la guerra, con sus yucas de bayoneta española, sus aguerridas plumas de apache, y las agresivas espinas, como ganchos, del palo verde. La avanzada del desierto eran las jaurías de la planta rodadora, manadas vegetales hermanas del lobo nocturno y de sus compañeros.

Volaron en círculo los zopilotes y el viejo levantó la cabeza. Bajó la mirada, alerta: los alacranes y las culebras del desierto sólo pican a los extranjeros. Nunca conocen al que viaja. Subió y bajó la cabeza, atarantado: las palomas tristes pasaron como flechas, con su gemido luctuoso, y los halcones peregrinos lo desorientaron. En el aire más alto los pájaros dejaban un ruido de pasto ondulante y quebrado.

Cerró los ojos pero no aceleró el paso.

Entonces el desierto le decía que la muerte es sólo una fatiga de las leyes de la naturaleza: la vida es la regla del juego, no su excepción, y hasta el desierto que parecía muerto escondía toda una minuciosa vida que prolongaba, originaba o remedaba las leyes de la existencia humana. Él no podía sustraerse, aunque fuese otra su voluntad, al imperio vital del yermo al que había llegado por sí mismo, sin que alguien se lo ordenara: gringo viejo, lárgate al desierto.

La arena acude al mezquital. El horizonte se mueve y sube hasta los ojos. Las sombras implacables de las nubes visten a la tierra con velos de lunares. La tierra huele fuerte. El arco iris se desparrama como un espejo de sí mismo. Las matas de la bistorta se incendian en ramilletes amarillos. Sopla el viento álcali.

El gringo viejo tose, se cubre la cara con la bufanda negra. La respiración se le va como las aguas se retiraron un día de la tierra, creando el desierto. Las gotas de su respiración son como la sed del taray que crece junto a los ríos escasos, atesorando lujosamente la humedad.

Tiene que detenerse, ahogado por el asma, descender con pena de la yegua, asfixiándose, y hundir piadosamente el rostro en el lomo de su montadura. Pero a pesar de todo dice:

—Mi destino es mío.

IV

Inocencio Mansalvo dijo desde que lo vio llegar al campamento: —Ese hombre vino aquí a morirse.

Como Pedro era un muchachito de apenas once años y muy lejos todavía de tutearse con el valiente Inocencio oriundo de Torreón Coahuila, no entendió muy bien qué cosa quiso decir. Pero ya desde entonces lo respetaba mucho. Si el Mansalvo ése era un león en el combate, era más fiero adivinando la suerte de la gente. Y eso que el gringo viejo le resultó más valiente que nadie en las batallas que peleó aquí en Chihuahua. Quizás Mansalvo le adivinó una valentía suicida desde que lo vio entrar y por ello dijo lo que dijo.

—Ese gringo viene montando su caballo como si ya fuera a entrarle a los trancazos aquí mismo, como si viniera a echarnos brava aunque luego todos le caigamos encima y lo hagamos picadillo.

—Se ve que es hombre de honor; monta sin intenciones traperas —dijo el coronelito Frutos García, cuyo padre era español—. Luego luego se ve.

—Les digo que viene a morirse —insistió Inocencio.

—Pero con honor —repitió el coronelito.

—Yo no sé si con honor, toda vez que es gringo. Pero a morirse sí —dijo otra vez Mansalvo—. ¿Qué puede esperar un gringo aquí entre nosotros sino eso, la muerte?

—¿Por qué ha de morirse a fuerzas?

A Inocencio le brillaron tanto los dientes que hasta los ojos se le pusieron verdecitos. —Nomás porque cruzó la frontera. ¿No es ésa razón de sobra?

—No, qué va —se rió la Garduña, una horrenda puta de Durango que vino a unirse a la tropa siendo la única profesional entre las soldaderas decentes que seguían a las fuerzas de mi general Arroyo—: ése lo que viene es rezando. Ha de ser hombre santo.

Se carcajeó hasta que la pintura se le quedó en los cachetes como barniz puesto demasiado tiempo al sol. Hundió las narices en un ramillete de rosas muertas que siempre traía prendidas al pecho.

Luego, en los pocos días que anduvo con la tropa villista, tanto el Inocencio como el coronelito se dieron cuenta de que el gringo viejo se ocupaba de sí mismo como una señorita a punto de ir a su primer baile. Tenía su propia navaja de afeitar y la afilaba cuidadosamente; hurgaba por el campamento hasta encontrar agua hirviente para rasurarse con la mayor suavidad para su piel; hasta el lujo de una toalla caliente llegó a exigir el muy catrín. Pero ay de que por torpeza se cortara, a pesar de que él tenía a su disposición un buen espejo en el carro del general Arroyo y los demás nunca se habían rasurado mirándose a un espejo, todos a ciegas o cuantimás en el reflejo rápido de un río. Pero ay de que se cortara la cara el viejo, la que armaba, más blanco se ponía, se secaba como si se fuera a desangrar, sacaba unos parchecitos blancos y rápido se cubría la herida, como si le importara menos desangrarse o infectarse que verse mal.

—Lo que pasa es que nunca ha estado muerto en toda la vida —chilló la llamada Garduña, que ella sí parecía salida, no de un lupanar durangueño, sino del camposanto vecino, donde se niegan los curas a enterrar mujeres así.

—Ustedes dicen que lo manda la muerte —estornudó la Garduña, como si sus flores aún vivieran—. Yo digo que lo mandó el diablo porque ni el diablo lo quiere. ¡Miren que llegar aquí! Hay que ser muy pobre como ustedes, o muy jodida como yo, o muy malo… como él.

—Viene como rezando, pidiendo algo —dijo desde lejos Mansalvo.

—Trae un dolor en la mirada —dijo de repente la Garduña, y ya lo respetó para siempre.

Los demás también. Todos aprendieron a respetarlo, aunque las razones fueron muy variadas.

El hecho es que ahora estaba aquí, con el llano a la vista, después de cuatro días de existencia solitaria y pegada a la tierra: un llano punteado de campos humeantes, diseminados como las matas de la creosota alrededor de un tren paralizado, sentado sobre sus rieles. Vio la escena trotando ahora sobre el campo de salvia; los carros con aspecto de casas ambulantes para las mujeres y los niños con los soldados que descansaban en los techos de los vagones, fumando cigarrillos amarillos y deshebrados.

Él había llegado.

Ya estaba aquí. Trotando, se preguntó si sabía algo de este país. Pasó como un relámpago por sus ojos azules la imagen tan lejana de la redacción del *San Francisco Chronicle*, donde las noticias de México cruzaban el aire lentamente, no como las flechas que mantenían saltando a los reporteros: escándalos locales, acontecimientos nacionales, los reporteros del imperio de William Randolph Hearst eran enérgicos, Aquiles norteamericanos, no tortugas mexicanas, a la caza de la noticia, inventando la noticia si era necesario, había noticias águila que entraban rompiendo las ventanas de la redacción de Hearst: La Follete fue electo por la plataforma populista en Wisconsin, Hiram Johnson era el nuevo gobernador de California, Upton Sinclair publicó *La selva*, Taft tomó posesión prometiendo la reforma de las tarifas y un viejo faraón recibía en el castillo de Chapultepec, condecorado, diciendo de tarde en tarde "Mátenlos en caliente" y manteniéndose vivo sólo gracias a su alerta animosidad contra los zopilotes que volaban en círculos sobre todos los palacios e iglesias de México. Un anciano alerta, el deleite de los periodistas, un viejo tirano con genio para las frases publicables: "Pobre México, tan lejos de Dios y tan cerca de los Estados Unidos." Noticias pequeñas, irritantes, noticias como moscas gordas y verdes en una tarde de verano, entrando a la sala de redacción del *San Francisco Chronicle* donde los lentos ventiladores pintados color marrón no lograban mover el aire pesado. Wilson era el candidato salido de la universidad de Princeton, Teddy Roosevelt se había separado para formar el partido Bull Moose y en México unos bandidos llamados Carranza, Obregón, Villa y Zapata se habían levantado en armas con el propósito secundario de vengar la muerte de Madero y de derrocar a un tirano borracho, pero con el propósito principal de robarle sus tierras al señor Hearst. Wilson habló de la Nueva Libertad y dijo que les enseñaría la democracia a los mexicanos. Hearst exigía: Intervención, Guerra, Indemnización.

—No tenías que venir a México para hacerte matar, hijo —le dijo la sombra de su padre—. ¿Recuerdas cuando empezaste a escribir? Hay quienes tomaron apuestas sobre tu longevidad.

—Ése lo que viene es rezando —dijo la Garduña—. Ha de ser hombre santo.

—A ti no te van a enterrar en sagrado —se rió el Inocencio.

—Cómo no —dijo la Garduña—. Ya lo tengo todo arreglado con mi familia en Durango. Cuando yo me muera, van a decir que soy mi tía Josefa Arreola, que se quedó tan virgen que ya ni quién se acuerde de ella. Los curas sólo se acuerdan de los pecadores.

—Pues a ver de qué lado está el gringo, si de los santos o de los pecadores.

—¿Qué puede esperar un gringo aquí con nosotros?

El gringo viejo sabía que había un enjambre de periodistas como él, venidos de ambas costas, revoloteando alrededor del ejército de Pancho Villa, así que nadie lo detuvo cuando atravesó el campamento. Todos lo miraron raro: periodista no parecía, dijo siempre el coronelito Frutos García; cómo no iban a mirarlo así a un viejo alto, flaco, de pelo blanco, ojos azules, tez sonrosada y arrugas como surcos de maizal con las piernas colgándole más abajo de los estribos. Como su padre era español y comerciante en Salamanca, Guanajuato, Frutos García dijo que así miraban los cabreros y las maritornes a don Quijote cuando metió las narices en sus aldeas, sin que nadie lo invitara, montando en un rocín desvencijado y arremetiendo con su lanza contra ejércitos de brujos.

—¡Médico! ¡Médico! —le gritaron desde los vagones apiñados de gente cuando divisaron su maletín negro.

—No, no médico. Villa. Busco a Pancho Villa —les gritó a su vez el viejo.

—¡Villa! ¡Villa! ¡Viva Villa! —gritaron todos juntos, hasta que un soldado con un sombrero amarillo estriado de sudor y pólvora gritó riendo desde el techo de un furgón—: ¡Todos somos Villa!

El gringo viejo sintió que alguien le tiraba de los pantalones y bajó la mirada. Un niño de once años con ojos como canicas negras y dos cartucheras cruzándole el pecho le dijo:

—¿Quiere conocer a Pancho Villa? El general va a ir a verlo esta noche. Venga a ver al general, señor.

El niño guió el caballo del viejo por las riendas hasta uno de los carros del ferrocarril, donde un hombre con quijadas duras, un bigote acosado y ojos amarillos y estrechos, estaba comiendo tacos y soplándose de los ojos un fleco rebelde y lacio de pelo cobrizo.

—¿Quién eres, gringo? ¿Otro periodista? —dijo el hombre con mirada de ranura, columpiando las piernas envueltas en polainas de cuero, desde la apertura del carro extraviado—. ¿O quieres vendernos parque?

—Este hombre vino aquí buscando la muerte —quiso decirle Inocencio Mansalvo a su jefe, pero la Garduña le tapó a tiempo la boca: ella quería ver si era cierto lo que los tres amigos pensaron al verlo llegar. El niño de once años guió al caballo del extranjero.

El viejo movió negativamente la cabeza y dijo que había venido a unirse al ejército de Villa.

—Quiero pelear.

Los ojos de ranura se abrieron un poquito; la máscara de polvo se quebró entonces con alegría. La Garduña coreó la risa y se la contestaron las mujeres vestidas con faldas largas y rasgadas que salieron de la cocina en un extremo del furgón, envueltas en los rebozos, a ver de qué se reía tanto el general.

—¡Viejo! ¡Viejo! —se rió el joven general—. ¡Estás demasiado viejo! ¡Vete a regar tu jardín, viejo! ¿Qué haces aquí? No necesitamos lastres. A los prisioneros de guerra los matamos pa no andarlos arrastrando. Éste es un ejército de guerrilleros, ¿entiendes?

—Vine a pelear —dijo el gringo.

—Vino a morirse —dijo Inocencio.

—Nos movemos de prisa y sin hacer ruido; tu pelo brillaría de noche como una llamarada blanca, viejo. Anda, vete, éste es un ejército, no un asilo de ancianos.

—Ande, pruébeme —dijo el viejo y lo dijo muy frío, recuerda el coronelito Frutos García.

Las mujeres hacían ruidos de pájaros pero ahora se quedaron calladas cuando el general miró al viejo con la misma frialdad con que el viejo habló. El general sacó su larga pistola Colt. El viejo no se movió de la silla. Entonces el general le tiró la pistola y el viejo la agarró en el aire.

Volvieron a esperar. El general metió la mano en el hondo bolsillo del pantalón de campo, sacó un peso de plata reluciente, ancho como un huevo y plano como un reloj y lo echó al aire, alto y recto. El viejo esperó sin moverse hasta que la moneda descendió a un metro de la nariz del general; entonces disparó rápidamente; las mujeres gritaron; la Garduña miró a las demás mujeres; el coronelito y Mansalvo miraron a su jefe; sólo el niño miró al gringo.

El general apenas movió la cabeza. El niño corrió a buscar la moneda, la recogió del polvo, frotó su forma apenas doblada contra la cartuchera y se la devolvió al general. Había un hoyo perfecto atravesando el cuerpo del águila.

—Quédate la moneda, Pedrito, tú nos lo trajiste —sonrió el general y la pieza de plata hasta le quemó los dedos—. Yo creo que nomás una Colt 44 puede atravesar un peso de éstos, que fue mi primer tesoro. Te lo ganaste, Pedrito, te digo que te lo quedes.

Este hombre vino a morirse —dijo Mansalvo.

—Ya no sé si es hombre santo —dijo la Garduña oliendo sus flores.

—¿Qué viene a hacer un gringo a México? —se preguntó el coronelito.

"Sus ojos venían llenos de oraciones", y si el gringo viejo no leyó las mentes de quienes lo miraron descender de las montañas metálicas al desierto, sí repitió sus propias palabras escritas para anunciarles desde lejos que "este pedazo de humanidad, este ejemplo de agudas sensaciones, esta fabricación de hombre y bestia, este humilde Prometeo, venía rogando, sí, implorando el bien de la nada.

"A la tierra y al cielo por igual, a la vegetación del desierto, a los seres humanos que lo vieron llegar, esta encarnación sufriente les dirigía una oración silenciosa: —He venido a morir. Denme ustedes el tiro de gracia."

V

El gringo viejo sonrió cuando el general Tomás Arroyo se sopló el mechón de pelo cobrizo que le cubría los ojos, adelantando el labio inferior para sacar el aire antes de decir su nombre y plantársele en jarras al extranjero.

—Yo soy el general Tomás Arroyo.

El nombre propio salió disparado por delante, pero su flecha personal era el título militar y a partir de ese momento el gringo sabía que todos los lugares comunes del machismo mexicano le iban a ser arrojados sobre la blanca cabeza, uno tras otro, para ver hasta dónde podían llegar con él, probarlo, sí, pero también disfrazarse ante él, no mostrarle a él sus caras verdaderas.

Lo vitorearon después de la hazaña de la Colt y le regalaron un sombrero de alas anchas; le obligaron a comer tacos de criadillas con chile serrano y moronga; le mostraron la botella de mezcal para espantar payos, con un gusanito asentado en la base del licor,

—conque tenemos un general gringo con nosotros.

—Oficial cartógrafo —dijo el viejo—. Noveno Regimiento de Voluntarios de Indiana. Guerra civil norteamericana.

—¡La guerra civil! Pero si eso pasó hace cincuenta años, cuando aquí andábamos defendiéndonos de los franceses.

—¿Qué tienen los tacos?

—Testículos de toro y sangre, general indiano. Las dos cosas las vas a necesitar si entras al ejército de Pancho Villa.

—¿Qué tiene el alcohol?

—No te preocupes, general indiano. El gusanito no está vivo. Nomás le alarga la vida al mezcalito.

Las soldaderas le dieron los tacos. Arroyo y los muchachos se miraron entre sí sin expresión alguna. El gringo viejo comió en silencio, tragándose enteros los chiles, sin que los ojos le lloraran o la cara se le pusiera roja.

—Los gringos se quejan de que en México se enferman del estómago. Pero ningún mexicano se muere de diarrea por comer o beber en su propio país. Es como la botella ésta —dijo Arroyo—. Si la botella y tú cargan al gusanito toda la vida, los dos se hacen viejos muy a gusto. El gusano se come algunas cosas y tú te comes otras. Pero si sólo comes cosas como las que yo vi en El Paso, comida envuelta en papel y sellada pa que no la toquen ni las moscas, entonces el gusano te ataca porque ni tú lo conoces a él, ni él te conoce a ti, general indiano.

Pero el gringo viejo decidió esperar con toda la paciencia de sus antepasados protestantes, desapasionados y salvados de antemano por su fe, a que el general Tomás Arroyo le ofreciera una cara desconocida al mundo.

Estaban en el carro privado del general, que al gringo viejo le pareció como el interior de uno de los prostíbulos que le gustaba frecuentar en Nueva Orléans. Se sentó en un sillón hondo, de terciopelo rojo, y acarició son sorna las borlas de las cortinas de lamé dorado.

Los candelabros que colgaban precariamente sobre sus cabezas tintinearon cuando el tren empezó a arrancar bufando y el joven general Arroyo se echó el vaso de mezcal y el viejo lo imitó sin decir palabra. Pero a Arroyo no se le había escapado la mirada sardónica del viejo cuando observaba el suntuoso carruaje con sus paredes laqueadas y sus techos acolchados. El gringo viejo estaba frenando todo el tiempo su capacidad de juego, su ironía, diciéndose a cada rato: "Todavía no."

Lo raro es que entonces sintió, desde el principio, que debía meterle rienda a otro sentimiento, y éste era el de afecto paternal hacia Arroyo. Quería frenar los dos, pero Arroyo sólo se dio cuenta (o sólo quiso darse cuenta) de la mirada de burla retenida. Sus ojos se perdieron detrás de las angostas ranuras y el tren pareció decidir que esta vez no iba a quedarse parado. Agarró velocidad pareja, abriéndose paso por el desolado atardecer del desierto, alejándose de las montañas que aún daban pruebas de la lucha titánica en la que unas engendraron a las otras, metiéndose los hombros unas a otras y sosteniéndose entre sí, a veces a regañadientes, apoyando sus inmensas torres, coronadas al atardecer de rojo y oro, estriadas en sus vastos cuerpos azules y verdes. Ahora el mar silencioso del desierto estaba a sus pies y el viejo, desde la ventanilla, podía nombrar y distinguir el crecimiento culpable del fustete, que en inglés se llamaba el árbol del humo.

Arroyo dijo que el tren le había pertenecido a una familia muy rica, dueña de la mitad del estado de Chihuahua y parte de los estados de Durango y Coahuila también. ¿Había notado el gringo a esa tropa que lo recibió?, por ejemplo a uno de angostos ojos verdes, a una puta astrosa; ¿seguramente notó al niño que lo llevó hasta su presencia y luego se quedó con la moneda ardiente y el águila descabezada? Bueno, pues ahora ese tren era de ellos. Arroyo dijo que él entendía la necesidad de tener un tren así, lo dijo con una especie de mueca biliosa, puesto que tomaba dos días y una noche para atravesar la posesión de la familia Miranda.

—¿Los dueños? —dijo el viejo con cara de palo.

—¡Pruébalo! —le ladró Arroyo.

El viejo se encogió de hombros:

—Usted lo acaba de decir. Éstas son sus posesiones.

—Pero no sus propiedades.

Una cosa era tener algo tomado, aunque no fuera nuestro, como la familia Miranda tenía estas tierras ganaderas del norte, cercadas por un desierto que ellos quisieron estéril y duro para protegerse, un muro de sol y de mezquite para deslindar lo que se agarraron, dijo Arroyo, y otra cosa era ser realmente dueños de algo porque trabajamos para obtenerlo. Dejó caer su mano de la cortina de lamé y le dijo al viejo que contara los callos en ella. El viejo estuvo de acuerdo en que el general había sido peón de la hacienda de los Miranda y ahora se estaba desquitando, paseándose en este carro privado de relumbrón que antes fue de los amos, ¿no era así?

—No entiendes, gringo —dijo Arroyo con una voz gruesa e incrédula—. De veras que no entiendes nada. Nuestros papeles son más viejos que los de ellos.

Se acercó a una caja fuerte escondida detrás de un montón de suaves cojines de Damasco y la abrió, sacando una caja muy plana y larga de terciopelo verde gastado y de palisandro astillado. La abrió enfrente del viejo.

El general y el gringo vieron los papeles quebradizos como seda antigua.

El general y el gringo se miraron hablándose en silencio y en las alturas opuestas de un barranco: las miradas eran sus palabras y la tierra que corría por la ventanilla del tren a espaldas de cada uno de ellos contaba tanto la historia de los papeles que era la historia de Arroyo como la historia de los libros que era la historia del gringo (pensó el viejo con una sonrisa amarga: papeles al cabo, pero qué diferente manera de saberlos, ignorarlos, guardarlos: *este archivo del desierto va corriendo y no sé a dónde va ir a dar, no lo sé* —eso lo aceptó el gringo viejo—, *pero yo sé lo que quiero*): vio en los ojos de Arroyo lo que Arroyo le estaba contando con otras palabras, vio en el paso de la tierra de Chihuahua, que era el ademán trágico de una ausencia, menos de lo que Arroyo pudo decirle pero más de lo que él mismo sabía: este gringo no iba a pisar un palmo de tierra sin conocer la historia de esa tierra; este gringo iba a saber hasta el último hecho de la tierra escogida para regalarle setenta y un años de hueso y pellejo: como si la historia siguiese corriendo sin parar al ritmo del tren, pero también al ritmo de la memoria de Arroyo (el gringo supo que Arroyo recordaba y él sólo sabía: el mexicano acarició los papeles como acariciaría la mejilla de una madre o la cintura de una amante); los dos vieron la marcha, la fuga, el movimiento en los ojos del otro: huir de los españoles, huir de los indios, huir de la encomienda, agarrarse a las grandes haciendas ganaderas como el mal menor, preservar como islotes preciosos las escasas comunidades protegidas en su posesión de tierras y aguas por la corona española en la Nueva Vizcaya, evadir el trabajo forzado y unos cuantos: pedir respeto a la propiedad comunal otorgada por el rey, negarse a ser cuatreros o esclavos o rebeldes o tobosos pero al cabo ellos también, los más recios, los más honorables, los más humildes y orgullosos a la vez, vencidos también por el destino del mal: esclavos y cuatreros, nunca hombres libres salvo cuando eran rebeldes. Ésa era la historia de esta tierra y el viejo gusano de bibliotecas americanas lo sabía y miró los ojos de Arroyo para confirmar que el general lo sabía también: esclavos o cuatreros, nunca hombres libres, y sin embargo dueños de un derecho que les permitía ser libres: la rebelión.

—¿Ves, general gringo? ¿Ves lo que está escrito? ¿Ves la letra? ¿Ves este precioso sello colorado? Estas tierras siempre fueron nuestras, de los escasos labriegos que recibimos protección lo mismo contra la encomienda que contra los asaltos de indios tobosos. Hasta el rey de España lo dijo. Hasta él lo reconoció. Aquí está. Escrito con su puño y letra. Ésta es su firma. Yo guardo los papeles. Los papeles prueban que nadie más tiene derecho a estas tierras.

—¿Puede usted leer, mi querido general? El gringo dijo esto con un destello sonriente en la mirada. El mezcal estaba bien calientito y tentaba a los espíritus chocarreros. Pero también los tentaba el sentimiento paterno. De manera que Arroyo tomó la mano del gringo con fuerza, aunque sin amenaza. Casi la acarició y fue el sentimiento de cariño lo que arrancó brutalmente al viejo de su tibio jugueteo obligándolo a pensar, con un vértigo repentino y doloroso, en sus dos hijos. El general le pedía que mirara hacia afuera antes de la puesta del sol, que mirara las formas veloces de la tierra que iban dejando atrás, las esculturas torcidas y sedientas de las plantas luchando por preservar su agua, como para decirle al resto del desierto moribundo que había esperanza y que a pesar de las apariencias, aún no habían muerto.

—¿Crees que la biznaga puede leer y yo no? Eres un tonto, gringo. Yo soy analfabeto, pero también me acuerdo. No puedo leer los papeles que guardo para mi gente, eso me hace el favor de hacerlo por mí el coronelito Frutos García. Pero yo sé lo que mis papeles significan mejor que los que puedan leerlos. ¿Te enteras?

El viejo sólo contestó que la propiedad cambia de manos, así operan las leyes del mercado; no hay riqueza que nazca de una propiedad que nunca circula. Sintió un rubor caliente en la mejilla junto a la ventana y por un minuto creyó que su temperatura era sólo la sensación interna del sol que cada atardecer nos abandona con un destello de terror. Suyo y nuestro: miró derecho a los salvajes ojos amarillos de Tomás Arroyo. El general se pegó repetidas veces con el dedo índice en la sien: todas las historias están aquí en mi cabeza, toda una biblioteca de palabras; la historia de mi pueblo, mi aldea, nuestro dolor: aquí en mi cabeza, viejo. Yo sé quién soy, viejo. ¿Lo sabes tú?

No fue el sol lo que, ausentemente, quemó la mejilla del gringo viejo junto a la ventana. Era un fuego en el llano. El sol ya se había puesto. El fuego tomó su lugar.

—Ah qué los muchachos —suspiró con una especie de orgullo el general Arroyo.

Corrió hasta la plataforma trasera del carro y el viejo lo siguió con toda la dignidad posible.

—Ah qué los muchachos. Se me adelantaron.

Señaló hacia el incendio y le dijo, mira viejo, la gloria de los Miranda convertida en puritito humo. Les había dicho a los muchachos que llegaría al atardecer. Se le adelantaron. Pero no le quitaron su placer, sabían que éste era su placer, llegar cuando la hacienda agarraba fuego.

—Buen cálculo, gringo.

—Mal negocio, general.

La banda tocó la marcha *Zacatecas* cuando el tren entró a la estación de la Hacienda Miranda. El gringo no pudo distinguir el olor de hacienda quemada del olor de tortilla quemada. Una niebla espesa y cenicienta envolvía a hombres y mujeres, niños y cocinas improvisadas, caballos y ganado suelto, trenes y carretas abandonadas. El griterío de las órdenes del coronelito Frutos García e Inocencio Mansalvo se dejaba oír encima del otro tumulto, insensible y casi natural:

—Convoy, alt…!

—¡El maíz del caballo de mi general!

—¡Brigada alerta!

—¡Vamos a echarnos un zarampahuilo!

Ladraron los perros cuando el general Arroyo descendió del carro y se puso su sombrerote cuajado de parrería de plata como una corona de guerra sobre su faz ensombrecida. Levantó la mirada y vio al gringo. Por primera vez, el viejo mostraba miedo. Los perros le ladraban al extranjero que no se atrevía a dar el siguiente paso sobre el peldaño para bajar a tierra.

—A ver —le ordenó a Inocencio Mansalvo—, espántele los perros aquí al general gringo —luego le sonrió—. Ah, qué mi gringo valiente. Los federales son más bravos que cualquier canijo perrito de éstos.

No había placer en la cara de Arroyo mientras el gringo viejo lo siguió, alto y desgarbado, contrastando con la forma más baja, joven, muscular y dramática del general, caminando por el llano polvoso más allá de la estación al vasto caserío en llamas con un clamor metálico de espuelas y cinturones y pistolas y artillería rápidamente retirada y el murmullo tardío del viento del desierto sobre las únicas hojas a la mano: las del sombrero de mi general.

Un silbido colectivo se impuso a todos y el gringo viejo miró, con un temblor atávico, las filas de los colgados de los postes de telégrafo, con las bocas abiertas y las lenguas de fuera. Todos silbaban, meciéndose en el suave viento desértico, desde la alameda que progresaba hacia la hacienda incendiada.

VI

Allí estaba ella. En medio de la muchedumbre, luchando y empujando y tratando de encontrar su lugar, mirando todas las caras que se reunían, intentando ser testigo del espectáculo; de en medio de la multitud silenciosa de sombreros y rebozos emergieron esos ojos grises combatiendo por retener un sentido de la identidad propia, de la dignidad y el coraje propios en medio del vertiginoso terror de lo imprevisto.

El viejo la miró por primera vez y se dijo: Seguro que vino prevenida.

Y sin embargo allí estaba, sin duda terca como una mula y poco realista: al verla, reconoció a muchísimas muchachas comparables, que él había conocido en su vida, incluyendo a su esposa cuando era joven, y a su hermosa hija. Ahora se preguntó con qué la asociaría si la hubiese conocido en otra parte, y otra parte quería decir: el lugar apropiado, las circunstancias que le eran naturales a ella. Una señorita apropiada. No, más que eso, una señorita de maneras propias tratando de seguir las instrucciones de su madre para convertirse en una mujer instruida. Una joven matrona, dentro de muy poco tiempo. Todavía no, todavía dependiente de su dinero para alfileres.

¿Qué iba a decir? ¿Qué se esperaba de ella? ¿Cuáles eran sus lugares comunes, como la moronga y el gusanito de mi general? "Soy ciudadana norteamericana. Exijo ver a mi cónsul. Tengo ciertos derechos constitucionales. No pueden detenerme aquí. No saben con quién tratan." No. Nada de eso. La detuvieron a la fuerza porque la hacienda estaba en llamas, y acaso sintieron en su hueso y en su músculo algo que decía que ella vino aquí a trabajar y a vivir y a permanecer y nadie iba a fumigarla como a un insecto para que saliera corriendo del lugar donde estaba empleada y donde le habían pagado ya un mes entero de salario anticipado.

Pues esto, en efecto, es lo que estaba diciendo con un acento que el viejo situó en el este, la costa atlántica, Nueva York sin duda, pero en seguida se sintió obligado a irse a la deriva, un poquito más al sur, la más ligera entonación de Virginia superpuesta a Manhattan. De todos modos, sólo él parecía entenderla, quizás el general un poquito también, pues había estado en El Paso, dijo, exiliado quizás o quizás contrabandeando armas, imaginó el gringo viejo.

—He recibido mi pago y permaneceré aquí hasta que la familia regrese y yo pueda instruir a los niños en la lengua inglesa y merecer mi sueldo. *So!*

Arroyo la miró con una sonrisa preparada especialmente para meter miedo, pero en seguida se soltó riendo; una risa tonta pero poderosa, juvenil y con una experiencia extrema de la estupidez humana; el viejo diría siempre que en ese momento Arroyo le pareció un payaso trágico, un bufón al que había que tomar en serio. Cuando interpretó las palabras de la mujer para su gente, los hombres se rieron abiertamente, mientras que las mujeres sólo hicieron ruidos de ave embozadas por sus rebozos. Dice que le va a enseñar el inglés a los escuincles Miranda, ¿oyeron eso? Cree que van a regresar, ¿oyeron? A ver, Chencho, dile la verdad, pues que nunca más van a regresar, señorita, se fueron muy a tiempo a París de Francia, apenas sintieron que la lumbre les llegaba a los aparejos vendieron la hacienda y se compraron por allá un caserón, nunca han de regresar, gritó la Garduña meneando las tetas muy oronda con su ramillete de flores muertas, se la vacilaron nomás, señorita, la hicieron venir por nada, nomás para hacernos creer que no se iban, dijo con voz más mesurada el coronel Frutos García, y la Garduña:

—Nos dejaron a todos chiflando en la loma, se-ño-rrita.

—Qué quiere decir con el niño en brazos —dijo en inglés el viejo. Ella lo miró. Era difícil ver a nadie en la confusión de humo y fuego y rostros extraños, pero ella lo miró a él.

—Ayúdeme —murmuró.

El viejo supo que a ella no le era fácil decir esto, pedir auxilio de alguien; lo vio en su mentón, en sus ojos, en la marea de sus pechos. El viejo supo allí mismo que a él le correspondería mirar a través de los actos y las palabras de esta muchacha, respetando ambos, pero ella no estaba tratando de engañar a nadie, sólo intentaba ponerse de acuerdo con ella misma, con la lucha que él pudo ver en la transparencia de su ser femenino. La miró y se dijo que ella era todo lo que él sabía, "pero tiene el derecho de ocultarme lo que es y yo la obligación de respetarlo". Una muchacha independiente pero no rica ni acomodada, y no a causa del dinero para alfileres, o sea lo que en México se llamaba la mesada, o de la educación familiar. "Incómoda porque está aquí igual que yo, luchando por ser." Era una muchacha transparente y el gringo, al mirarla, se dijo que quizás él también lo era, después de todo. "Hay gente cuya objetividad es generosa porque es transparente, todo se puede leer, tomar, entender en ellas: gente que porta su propio sol para iluminarse."

Arroyo los miró detrás de sus párpados como ranuras, al gringo primero, luego a la gringa. Arroyo era opaco, su opacidad era su virtud, se dijo el viejo al observarlo. Su generosidad era su enigma: tenía que ser desentrañado para ser entendido y darse. La mitad del mundo era transparente; la otra mitad, opaca. Arroyo: algo veloz y oculto en el fondo de su mirada de mapache; algo corriendo de aquí para allá dentro de su cerebro.

—Seguro. Tú ocúpate de ella, general indiano. Tú ve que no corra ningún peligro.

Arroyo se fue con su gente como una marejada y ellos se quedaron solos, una pareja mirándose intensamente, el viejo exigiéndose una vigilancia extrema contra su tendencia periodística al estereotipo veloz a fin de que las masas estúpidas entendieran pronto y se sintieran halagadas por ello: un membrete para todo, ésta era la biblia de su jefe míster Hearst. Caminó pocos metros detrás de ella, haciendo que se sintiera protegida pero en realidad observándola, la manera de andar, la manera de portarse, los pequeños movimientos de orgullo herido, seguidos de arranques resueltos de afirmación. Para su periódico hubiera escrito en uno de los extremos que le encantaban a Hearst: una mujerzuela disfrazada de maestra de escuela, o una maestra de escuela en busca de la primera aventura real de su vida. Aunque también podía adoptar la perspectiva de un caballero de los estados algodoneros y preguntarse, sencillamente, si esta muchacha del norte sabía con certeza qué cosa era la caballerosidad.

Ella se detuvo, dudando, ante una puerta de cristal cerrada. El viejo se adelantó en el momento en el que ella iba a tomar la manija y abrir la puerta por su propia cuenta.

—Permítame, señorita —dijo el viejo y ella lo aceptó, se sintió agradecida, ella también tenía prejuicios. Y ya no estaba, como se decía, en la primavera de la vida.

Se encontraban dentro de un salón de baile. El viejo no miró el salón. La miró a ella y se castigó mentalmente por esta fiebre de la percepción. Ella, más tranquila, miró alrededor y sugirió un rincón donde sentarse, cambiar información y nombre —ella, Harriet Winslow, de Washington. D.C.; él no dio su nombre, sólo dijo soy de San Francisco, California— y ella repitió la historia: vino a enseñarles la lengua inglesa a los tres niños de la familia Miranda.

Ahora él la miró de verdad por vez primera, no transparente y esencial, sino circunstancialmente opaca: Harriet Winslow se arregló la corbata y calmó las arrugas de su falda plisada como si ahora fuese una mujer exterior a sí misma, vestida con el uniforme de las mujeres con ocupación en los Estados Unidos: el traje de la Gibson Girl. No, no estaba exactamente en la primavera de la vida, pero sí era joven aún, bella y, lo supo ahora, independiente, no destinada a pasar de la cuna de su madre a la cuna de su marido. Ya no una vida color de rosa, no una vida regalada; por ahora ya no. Quizás alguna vez sí, si esos movimientos tan suyos no habían sido aprendidos, sino mamados con la leche materna. La elegancia rápida y segura de una hermosa mujer de treinta años.

No hablaron de sí mismos. Ella no le contó las circunstancias que la obligaron a viajar a México. Él no le dijo que había venido aquí a morirse porque todo lo que amó se murió antes que él. Ni siquiera se dijeron lo que tenían en la punta de la lengua. No pronunciaron la palabra "fuga" porque no querían admitir que eran prisioneros. El viejo sólo dijo esto:

—No hay nada que la detenga aquí, sabe. Usted no es responsable de una revolución o de la fuga de sus patrones. El dinero le pertenece.

—No lo gané, señor.

Las palabras les sonaron huecas a los dos, porque nadie tenía que informarles que eran prisioneros para que ellos se sintieran, esa noche, enjaulados por la extrañeza del lugar, los olores, los rumores, la alegría borracha que se iba acercando; el puño cerrado del desierto.

—Estoy seguro de que el general la ayudará a obtener transporte, señorita.

—¿Cuál general?

—Usted sabe. El que me pidió que me ocupara de usted.

—¿El general? —abrió Harriet tremendos ojos—. No se parece a ningún general que yo haya conocido.

—Quiere usted decir que no se parece a un caballero.

—Como usted quiera; pero no se parece a un general, caballero o no. ¿Quién lo designó general? Estoy segura de que se nombró a sí mismo.

—A veces ocurre así, en circunstancias extraordinarias. Pero usted suena verdaderamente ofendida, señorita.

Ella lo miró con media sonrisa.

—Lo siento. No quiero sonar prejuiciada. Sólo estoy nerviosa. Lo que pasa es que para mí el ejército significa mucho.

—Pues yo tampoco quiero parecer inquisitivo, pero me resulta difícil, a primera vista, relacionarla con...

—Oh, no soy yo, entiende usted. Es mi padre. Desapareció durante la guerra entre España y los Estados Unidos. El ejército era su dignidad, y la nuestra también. Sin el ejército, hubiera acabado viviendo de limosna. Y nosotras también. Quiero decir, mi madre y yo.

Entonces esta institutriz para una hacienda que ya no existía, maestra de niños que nunca conoció, ni supo cómo fueron, o si existieron siquiera, movió la cabeza como un ave herida y estalló la fiesta de las tropas dentro del salón de baile donde los dos norteamericanos se refugiaron. Hubo gritos de coyote y las risas quedas de los indios, que nunca se ríen recio, como los españoles, ni con resentimiento, como los mestizos.

Unas risas secretas y una trompeta desafinada. Luego un silencio repentino.

—Nos han visto —murmuró Harriet, arrimándose al pecho del viejo.

Se vieron a sí mismos.

El salón de baile de los Miranda era un Versalles en miniatura. Las paredes eran dos largas filas de espejos ensamblados del techo hasta el piso: una galería de espejos destinados a reproducir, en una ronda de placeres perpetua, los pasos y vueltas elegantes de las parejas llegadas de Chihuahua, El Paso y las otras haciendas, a bailar el vals y las cuadrillas en el elegante parqué que el señor Miranda mandó traer desde Francia.

Los hombres y mujeres de la tropa de Arroyo se miraban a sí mismos. Paralizados por sus propias imágenes, por el reflejo corpóreo de su ser, por la integridad de sus cuerpos. Giraron lentamente, como para cerciorarse de que ésta no era una ilusión más. Fueron capturados por el laberinto de espejos. El viejo se dio cuenta de que la señorita Harriet y él ni siquiera se habían fijado en los espejos al entrar, ambos condicionados sin duda a los salones de baile, él en los grandes y modernos hoteles construidos en San Francisco después del terremoto, ella en algún baile militar en Washington, en alguna invitación elegante de su novio.

El viejo sacudió la cabeza: no miró los espejos al entrar porque sólo tuvo ojos para miss Harriet.

Uno de los soldados de Arroyo adelantó un brazo hacia el espejo.

—Mira, eres tú.

Y el compañero señaló hacia el reflejo del otro.

—Soy yo.

—Somos nosotros.

Las palabras hicieron la ronda, somos nosotros, somos nosotros, y una guitarra se dejó oír, una voz se unió a otra, los de la caballería entraron también y volvió a haber fiesta y baile y broma en la hacienda de los Miranda, insensible a la presencia de los gringos, pero empezó una polka norteña junto con la aparición de un acordeón y las espuelas de los jinetes se arrastraron al bailar sobre el fino piso taraceado, rasgándolo y astillándolo. El viejo detuvo el impulso de Harriet.

—Es su fiesta —le dijo el viejo—. No se meta usted.

Ella se liberó de la mano del viejo con la fuerza de su enojo.

—Están destruyendo el parqué.

Él la tomó del brazo, irritado:

—Usted no lo pagó. Le digo que no se meta.

—¡Soy responsable! —exclamó Harriet Winslow hinchada de orgullo. El señor Miranda me pagó un mes por adelantado. Yo me encargaré de que su propiedad sea respetada durante su ausencia. ¡Le digo que soy responsable!

—¿De manera que no piensa regresarse a casa, señorita?

La mujer se sonrojó como él lo hubiera hecho si no hubiese definido ya, en su cabeza, las razones para no regresar nunca a casa.

—¡Claro que no! ¡Después de lo que he visto aquí hoy en la noche!

Tomó un trago de aire y dejó que se asentara en sus pulmones. Dijo que salió del colegio con altas calificaciones, pero luego se dio cuenta de que no le gustaba darles clases a niños que ya pensaban igual que ella. Le faltaba el desafío, el estímulo. Quedarse en los Estados Unidos hubiera sido sucumbir a la rutina. Sintió que venir a México era su deber.

—Puesto que los niños a los que vine a instruir se han marchado, me quedaré a instruir a estos niños —dijo con un tono de voz en el que su vergüenza y su orgullo encontraron un mismo nivel.

Los hombres y las mujeres de la tropa y de la aldea, mezclados, bailaban y se besaban furtivamente, alejados ya de la percepción turbadora de otra presencia: la de sí mismos en los espejos.

—No los conoce usted. No los conoce para nada —dijo el viejo, tratando de aplazar una respuesta hacia ella que él no quería dar: un desprecio compasivo, una banderilla de su antiguo ser, antes de la decisión de venir a México.

Untó otro pensamiento sobre éste, como mantequilla sobre pan tostado: ¿se había mirado Harriet Winslow en los espejos al entrar aquí? Pero ella estaba contestando ya a la afirmación del viejo, con toda su confianza recobrada: *"Y ellos no me conocen a mí."*

—Mírelos, lo que esta gente necesita es educación, no rifles. Una buena lavada seguida de unas cuantas lecciones sobre cómo hacemos las cosas en los Estados Unidos, y se acabó este desorden...

—¿Los va a civilizar? —dijo secamente el viejo.

—Exactamente. Y desde mañana mismo.

—Espérese —dijo el viejo—. De todos modos, esta noche tiene que dormir en alguna parte.

—Ya le dije que yo me encargo de este lugar mientras regresan los legítimos dueños. ¿No haría usted lo mismo?

—No hay tal lugar. Está quemado. Los dueños no van a regresar. Usted no se va a quedar a educar a nadie. De repente la educan a usted primero, miss Winslow, y de una manera poco agradable.

Ella lo miró con asombro.

—Parecía usted un caballero, señor.

—Lo soy, señorita, le juro que lo soy, y por eso mismo voy a protegerla.

La barrió como a una muñeca, la levantó del parqué destruido a sus hombros viejos pero fuertes y la sacó ahogada del asombro, multiplicada como por un sueño de plata reverberante en el bosque de espejos; la sacó de la burbuja de música y vidrio tan misteriosamente respetada, salvada del fuego que el general mandó prender, y los dos gringos se fueron en medio de las burlas y los aullidos y la alegría del organillo de la victoria: ella luchando y pataleando en el aire frío del desierto entre las fogatas y el humo de estiércol y tortillas.

—Tú ocúpate de ella, general indiano.

Se dio cuenta de que el único refugio para él mismo era la protección ofrecida por el oscuro y ensimismado general Arroyo. El gringo había caído en la trampa del joven revolucionario. Había estado a punto de llevar a Harriet Winslow al fastuoso carro del ferrocarril, al burdel privado de un guerrillero analfabeto, con la cabeza llena de memorias de la injusticia, pero de todos modos un hombre que ni siquiera sabía leer y escribir. Miró a Harriet Winslow, preguntándole lo que se preguntaba a sí mismo. ¿Tenía razón la mujer?

La depositó cuidadosamente sobre la tierra y la abrazó antes de mirar a su alrededor a los hombres y mujeres del ejército revolucionario de Chihuahua, envueltos en sus sarapes alrededor de las fogatas.

Harriet y el gringo se miraron desconsolados, reflejando cada uno su desolación en los ojos del otro. El desierto de noche es una gran bóveda al aire libre: la recámara abierta más grande del mundo. Abrazados los dos, sintieron que se hundían en el fondo de un gran lecho: el del océano que alguna vez ocupó este plato de grava y luego se retiró, dejando el páramo habitado por todos los espectros del agua: los mares, los océanos, los ríos que aquí fueron o pudieron ser.

—Harriet: ¿te viste en el espejo del salón de baile cuando entramos hoy en la noche?

—No sé. ¿Por qué?

Ella quería preguntarle: ¿Tú estás en esto luchando también? ¿Cuál es tu lugar aquí? Antes de quemar la hacienda todos dijeron que ésta era una campaña urgente, tenían que hacer las cosas de prisa, sin miramientos, o perderían la revolución. Colgaron de los postes a todos los federales que encontraron. Están silbando, ¿los oyes? ¡Es terrible! ¿Estás con ellos? ¿Tú luchas con ellos? ¿Estás en peligro de morir aquí?

El viejo sólo repitió la pregunta, ¿te viste en el espejo…?

Ella no pudo contestar porque una mujer pequeña envuelta en rebozo azul, su cara tan redonda como la de la luna ausente, sus ojos como almendras tristes, salió del carro del general y dijo que la señorita debía dormir con ella. El general estaba esperando al viejo. Mañana iban a pelear.

VII

—¿Qué hace ella ahora?

—Ahora se sienta sola y recuerda.

—No. Ahora ella duerme.

—Ella sueña y ya no tiene edad.

—Ella cree cuando sueña que su sueño será su destino.

—Ella sueña que un hombre viejo (¿su padre?) va a darle un beso mientras ella duerme y antes de que él se vaya a la guerra.

—Nunca regresó de Cuba.

—Hay una tumba vacía en Arlington.

—*Quisiera llegar a la muerte desprovista de humillación, resentimiento, culpa o sospecha; dueña de mí misma, con mis propias opiniones, pero nunca santurrona o farisea.*

—Tu padre se fue a Cuba y ahora tú te vas a México. Qué manía de los Winslow con el patio trasero.

—Mira el mapa del patio trasero: Aquí está Cuba. Aquí está México. Aquí está Santo Domingo. Aquí está Honduras. Aquí está Nicaragua.

—Qué vecinos incomprensibles tenemos. Los invitamos a cenar y luego se niegan a quedarse a lavar los platos.

—Miren el mapa, niños. Aprendan.

—La soledad es una ausencia de tiempo.

—Despierta, Harriet, despierta. Es tarde.

Su madre le dijo siempre que era una muchacha terca como una mula, pero poco realista, y ésta era una mala combinación para una señorita sin dote, si sus maneras, por lo menos, no eran siempre frías e impecables.

Cuando leyó el anuncio en el *Washington Star*, su corazón latió más de prisa. ¿Por qué no? Dar clases en la primaria se había vuelto una rutina, igual que ir a misa los domingos con su mamá, o los paseos chaperoneados con su novio, que acababa de cumplir cuarenta y dos años, durante los pasados ocho.

—Después de cierta edad, la sociedad acepta lo que es, a condición de que nada cambie y no haya más sorpresas.

¿Por qué no?, se dijo mordiéndose la corbata de su atuendo de Gibson Girl, casi un uniforme para las muchachas con ocupación a principios de siglo: blusa blanca de manga ampona y cuello abotonado; corbata, faldas de lana largas y anchas; botines altos. *¿Por qué no?* Después de todo, gracias a ella era feliz su madre, que no se sentía abandonada en la vejez y apreciaba que su única hija continuara durmiendo bajo el mismo techo con ella y la acompañara todos los domingos a la iglesia metodista de la calle M, y era feliz Delaney, su novio, quien no se sentía obligado a dejar sus cómodas habitaciones del club, los servicios a los que allí estaba acostumbrado y los gastos nimios de su existencia de soltero. Aparte de la independencia que requería un procurador de intereses especiales ante el gobierno norteamericano.

—Todo el mundo se ha vuelto peligroso —dijo Delaney cuando leyó los encabezados constantes sobre las nubes de guerra en Europa.

—¿Por qué sigues aquí conmigo? —le dijo su madre con una sonrisa dulcemente maliciosa—. Ya cumpliste treinta y un años. ¿No te aburres?

Besaba entonces la mejilla de su hija, obligándola a inclinarse hasta tocar la piel abandonada de la madre. Y capturada así en el abrazo filial, ella tenía que oír la queja de la madre, sí, podría imaginar el dolor de una muchacha joven que pudo crecer rica en Nueva York y en cambio tuvo que quedarse esperando, igual que su madre; esperando noticias que nunca llegan, toda la vida, ¿habremos heredado algo?, ¿habrá muerto papá en Cuba?, ¿vendrá algún muchacho a invitarme?, no, no era fácil, porque ellas no aceptarían caridades, ¿verdad, hijita?, y los muchachos no vendrían a visitar a la hija sin peculio de la viuda de un capitán del ejército de los Estados Unidos, obligada a dejar Nueva York y cursar estudios normalistas en Washington, D. C., para estar cerca de ¡Dios sabe qué!, el fondo de pensiones del ejército, la memoria del padre que estuvo estacionado aquí todos esos años, el cementerio de Arlington donde debió ser enterrado con todos los honores, pero nadie sabía dónde estaba, dónde cayó en la campaña de Cuba.

Sitiada por Washington en el verano, cuando bastaría dejar de vigilar un segundo a la vegetación para que la selva lo invadiese todo, y se tragase a la ciudad capital entera con un crecimiento lujoso de plantas tropicales, enredaderas y magnolias podridas.

—La respuesta humana a la selva tropical de Washington ha sido construir un panteón grecorromano.

Alargó la mano y tomó la de su madre cuando decidió marcharse, y su madre murmuró, una señorita cultivada, pero terca como una mula y poco realista; a pesar de todo —suspiró—, ojalá que prevalezca la felicidad, a pesar de todo —repitió—: a pesar de nuestras diferencias de opinión.

—No me estás escuchando, mamá.

—Cómo no, hija. Lo sé todo. Toma. Llegó esta carta para ti.

Era un sobre enviado desde México. Decía claramente *Miss Harriet Winslow, 2400 Fourteenth Street, Washington, D. C., Estados Unidos del Norte.*

—¿Por qué la abriste, mamá? ¿Quién…?

No quiso terminar, no quiso discutir. Decidió aceptar la oferta de la familia Miranda antes de que pasara nada, antes de que su madre se muriera, o su padre regresara, o Delaney fuese juzgado por delito de fraude federal, lo jura, se lo jura a sí misma. Ella estaba decidida a ir a México porque sentía que ya le había enseñado a los niños norteamericanos todo lo que podía. Leyó ese anuncio en el *Star* y pensó que en México podía enseñarles lo que sabía a los niños mexicanos. Ése era el desafío que necesitaba, dijo poniéndose un día su sombrero de paja laqueada con listones negros. Su conocimiento del español fue el homenaje mínimo de la maestra normalista al padre caído en Cuba. Le serviría para enseñarles inglés a los niños de la familia Miranda en una hacienda de Chihuahua.

—No vayas, Harriet. No me abandones ahora.

—Lo decidí desde antes de saber esto —le dijo a su novio el señor Delaney.

—¿Por qué dejamos Nueva York? —le decía de niña a su madre cuando ella le recordaba que allí tenía sus raíces la familia, junto al Hudson, y no aquí, junto al Potomac.

Entonces ella reía y le decía que ellos no dejaron Nueva York; Nueva York los dejó a ellos. Cuántas cosas quedaron sin respuesta cuando su padre se fue a Cuba y ella tenía dieciséis años y él nunca regresó.

Ella se sentó todas las mañanas frente a un espejo en su pequeña alcoba de la calle Catorce y llegó un día en el que admitió que su rostro estaba contando una historia que a ella no le agradaba.

Sólo tenía treinta y un años, pero su rostro en el espejo mientras lo dibujaba suavemente con un dedo sobre el cristal, antes de tocarse con el mismo dedo la sien helada, parecía no más viejo sino más vacío, menos legible que diez o incluso dos años, antes: como la página de un libro que palidece cuando sus palabras lo abandonaban.

Era una mujer que soñaba mucho. Si su alma era distinta de sus sueños, aceptaría que ambas poseían una cualidad instantánea. Como un sueño, así se revelaba su alma, en relámpagos. No es así, argumentaba consigo misma en sus sueños, las lecciones de su religión colándosele hasta el centro más profundo del sueño, no es así, se castigaba a sí misma por pensar lo contrario, tu alma no es algo que pertenezca al instante, pertenece a Dios y es eterna.

Despertaría pensando en lo que pudo decir pero no dijo, en los errores y las lagunas espectrales de sus palabras y de sus actos vigilantes, que la perseguían toda la noche.

Éste era el reino de la sombra, pero la luz era una tortura peor para ella. En la oscuridad del sueño, ella se hundía en el tórrido verano de las marejadas atlánticas, como se hundía en el calor de su propio cuerpo dormido. Eran suyas la misma humedad de las márgenes del Potomac y la vegetación mojada y lánguida, sólo en apariencia domesticada dentro de la ciudad de Washington, que en realidad invadía hasta el último rincón de los jardines perdidos, los estanques, los umbríos patios traseros cobijados por techos de verde humedad, alfombrados con los capullos muertos del cornejo blanco y el olor agridulce de los negros que se dejaban vivir a lo largo de la canícula con una difusión de días de cuerpos sudorosos y rostros polveados con desgano.

A medio camino entre Washington y México, iba a imaginar que había verano en Washington pero había luz en México. En su mente suspendida entre la memoria y la previsión, ambas iluminaciones desnudaban el espacio circundante. El sol mexicano dejaría un paisaje desnudo bajo la lumbre. El sol del Potomac se convertiría en una neblina luminosa capaz de devorar los contornos de los interiores, las salas, las alcobas, los espacios húmedos y huecos de los sótanos apestosos donde las gatas se refugiaban para parir sus ventregadas y la presencia desgastada de alfombras, muebles y ropajes viejos que lograban permanecer en Washington mientras la gente llegaba o partía con sus baúles, se reunían como fantasmas latentes y sin llama en medio de un denso aroma de musgo y naftalina.

Se preguntaba a veces: —¿Cuándo fui más feliz?

Conocía la respuesta: cuando su adorado padre se fue y ella se sintió responsable; ahora ella era responsable. Pasó su infancia perseguida por una brillante luz amarilla que observaba, viajando lentamente de piso en piso, en una mansión recientemente construida, pero ya en decadencia, en la calle Dieciséis. Se escondió detrás de unos perseverantes arbustos estivales en una colina que descendía abruptamente de una cancha de tenis abandonada a un césped de magnolias muertas, y miró fijamente la luz que iba y venía muy lentamente, derritiendo lo que debió ser el suave interior, la entraña de mantequilla de una fachada de piedra elaborada, cortada y ensamblada fantasiosamente para parecerse a una mansión del Segundo Imperio, pomposa y lienta.

¿Quién conducía esa lámpara? ¿Por qué sentía que la luz la llamaba a ella? ¿Quién vivía allí? Nunca vio un rostro.

Ahora miró fijamente la luz en el centro de la mesa favorita de su madre, una mesa con tapa de mármol que su padre usaba para el papeleo nocturno de las cuentas y que la familia empleaba también para comer y que ahora su madre sólo dedicaba a este último menester. Miró la luz doméstica y adivinó que había invertido toda la imaginación temblorosa y todo el deseo apasionado de la luz recordada en esa húmeda mansión del verano, en este simple artefacto casero, esta necesidad, esta lámpara de gas con pantallas verdes.

Alargó la mano y tomó la de su madre para anunciarle que ya se iba. Su madre lo sabía ya. Hasta había abierto la carta de los señores Miranda, sin pedirle permiso primero o excusas ahora.

Miss Harriet Winslow, 2400 Fourteenth Street…

—Una señorita cultivada, pero terca y fantasiosa…

No importaba; ella tampoco escuchaba más a su madre.

No se daba cuenta, pero la promesa de felicidad y juventud de la hija sólo era evidente en la cara de la pobre madre. La luz obraba esta transferencia, este regalo de la hija. Una luz. Quizás la misma que ella había perseguido como un espectro en la mansión decadente: esa misma luz habría llegado hasta aquí, a su pequeño apartamento, a cumplir el deseo de la señorita Winslow: que mi madre refleje la brillante luz de mi infancia, que la hija deje de reflejar la sombra entristecida de la madre.

Soñó: la luz se detuvo al pie de la escalera de servicio, junto al sótano que era el último y más sombrío laberinto del cascarón inservible, de la fachada amedrentada y efímera del lujo y del deber washingtonianos, la blancura de panteón de la ciudad, sus pozos negros, y el olor se volvió más fuerte; ella reconoció primero la mitad de ese olor, el olor de colchones viejos y alfombras mojadas; en seguida también la otra mitad, el olor de la pareja acostada allí, el olor agridulce del amor y de la sangre, las axilas húmedas y los temblores púbicos mientras su padre poseía a la negra solitaria que vivía allí, quizás al servicio de unos amos ausentes, quizás ella misma la señora repudiada de esta casa.

—Capitán Winslow, estoy muy sola y usted puede tomarme cuando guste.

El señor Delaney, que fue su novio durante ocho años, olía a lavandería cuando le robaba un beso, mientras se paseaban en las noches de verano, y más tarde, cuando todo concluyó, ella lo vio viejo y usado sin su cuello Arrow almidonado, y él le dijo: Bueno, qué pueden ser las mujeres sino putas o vírgenes.

—¿No te alegras de que te haya escogido como mi chica ideal, Harriet?

VIII

Al amanecer, el general Arroyo le dijo al gringo viejo que iban a salir a limpiar el terreno de lo que quedaba de la resistencia federal en la región. Grupos del viejo ejército trataban de hacerse fuertes en las cuestas de la Sierra Madre con la esperanza de tirarles emboscadamente y de inmovilizarlos largo tiempo por aquí, cuando el grueso de la División ya anda muy al sur, ya tomó las ciudades de la Laguna y nosotros tenemos que seguir adelante, al encuentro de Villa, dijo con tono opaco y terco el general, pero antes tenemos que limpiar el terreno aquí…

Entonces ¿aún no iban a unirse a Villa?, dijo con inquietud el viejo. No, contestó Arroyo, todos vamos a juntarnos a donde decida el general Villa para luego caer juntos sobre Zacatecas y México. Ése es el premio de esta campaña. Tenemos que llegar allí antes que la gente de Obregón y Carranza. Pancho Villa dice que esto es importante para la revolución. Nosotros somos gente del pueblo; los otros son perfumados. Villa cabalga hacia adelante; nosotros limpiamos la retaguardia para que no nos sorprendan por detrás, dijo Arroyo, ahora sonriendo.

—Somos lo que se llama una brigada flotante. No es la posición más gloriosa…

El viejo no vio motivo para sonreír. El tiempo había llegado y Pancho Villa andaba lejos. Dijo que estaría listo en cinco minutos y fue al final del carro de ferrocarril, donde la mujer con cara de luna dormía sobre el piso. Le había dejado la cama a la señorita Winslow. La mexicana despertó al entrar el viejo. Él le pidió silencio con un gesto. La mujer no se alarmó; cerró de vuelta los ojos. El viejo se quedó mirando un rato el rostro durmiente de la hermosa mujer, le acarició la cabellera castaña y luminosa, le tapó con el sarape el seno descubierto, pequeño y redondo y suavemente le rozó la mejilla cálida con los labios. Quizás la mujer con la cara de luna entendía la ternura (deseó el gringo viejo).

El sueño es nuestro mito personal, se dijo el gringo viejo cuando besó a Harriet dormida y pidió que ese sueño se prolongara más que la guerra, venciera a la propia guerra para que al regresar de ella, vivo o muerto, ella lo recibiera en este sueño ininterrumpido que él, a fuerza de desear y de inducir con el deseo, llegó a ver y comprender en los escasos minutos que dura un sueño que, más tarde, la memoria o el olvido restaurarán como un argumento largo, poblado de detalles, de arquitecturas y de incidentes. Quería invitarla, quizás, a su propio sueño; pero éste era un sueño de la muerte que no podía compartir con nadie: en cambio, mientras vivieran ambos, por más separados que estuvieran, podían penetrar sus sueños respectivos, compartirlos; hizo un esfuerzo gigantesco, como si éste pudiese ser el último acto de su vida, y en un instante soñó con los ojos abiertos y los labios apretados el sueño entero de Harriet, todo, el padre ausente, la madre prisionera de las sombras, el paso de la luz estable sobre una mesa a la luz fugitiva dentro de una casa abandonada.

—Estoy muy sola.

—Puede usted tomarme cuando guste.

—¿…te viste en el espejo…?

—¿Viste cómo se miraron ayer en los espejos? —dijo Arroyo cuando se subió a su caballo negro, junto al gringo montado en su yegua blanca. El viejo lo miró bajo sus cejas blancas. El viejo Stetson arrugado no bastaba para ocultar su mirada azul hielo. Asintió.

—Nunca se habían visto en un espejo de cuerpo entero. No sabían que sus cuerpos eran algo más que un pedazo de su imaginación o un reflejo roto en un río. Ahora ya saben.

—¿Por eso no fue quemado el salón de baile?

—Tienes razón, gringo. Por eso mismo.

—¿Por qué fue destruido todo lo demás?, ¿qué ganó usted con ello?

—Mira esos campos, general indiano —dijo Arroyo con un movimiento rápido y cansado del brazo, que le arrojó el sombrero sobre la espalda—. Casi nada crece aquí. Menos el recuerdo y el rencor.

—¿Cree usted que el resentimiento es lo mismo que la justicia, general? —sonrió el viejo.

Arroyo nada más le contestó:

—Ya vamos llegando a las cuestas de la sierra.

Entonces era aquí. El viejo miró a lo alto de las montañas dentadas de basalto amarillo. Las vertientes de la sierra eran como viejas bestias cansadas surgidas del vientre de una montaña infinitamente indiferente y generadora de sí. Pero el viejo se obligó a pensar que los federales allá arriba no estaban nada cansados. Tenía que estar alerta, igual que cuando los Voluntarios de Indiana ayudaron a Sherman a liquidar lo que quedaba del ejército rebelde de Johnston después de la caída de Fayeteville. Una terrible ausencia, casi un olvido, resucitó en ese instante en la cabeza del gringo viejo: entonces, de joven, había deseado encontrarse del lado azul, con la Unión, contra el lado gris, los rebeldes, sólo porque había soñado que su padre militaba con la Confederación contra Lincoln. Quería lo que soñó: el drama revolucionario del hijo contra el padre.

—Van a atacar ahora o nunca —dijo el viejo, descendiendo a la realidad táctica como un azor sobre su presa—. Ahora estamos a la vista de todos.

—Si nos atacan, sabremos dónde están —dijo Arroyo.

Las balas picaron la costa de tierra a doce metros de ellos.

—Tan nerviosos —sonrió Arroyo—. Así no nos pegan.

Ordenó el alto; todos desmontaron. Excepto el viejo. Él se siguió de largo.

—Oye, general indiano, ¿no puedes dominar a tu montura? Ordené el alto —gritó Arroyo.

Y siguió gritando mientras el viejo comenzó a trotar dirigiéndose derecho a los peñascos de donde salieron los disparos.

—Oye, gringo idiota, ¿no oíste la orden? ¡Regresa aquí, viejo idiota!

Pero el viejo siguió derechito mientras el fuego de la ametralladora pasaba encima de él, dirigido a Arroyo y su gente, no al espejismo de un caballero blanco sobre un caballo blanco, que de tan visible parecía invisible, trotando como si no notara el fuego, zafando el lazo del arzón, aprestándose. Arroyo y sus hombres cayeron de bruces, más asustados por el gringo viejo que por ellos mismos o los federales emboscados. De barriga, se dieron cuenta de que los federales se habían equivocado, la metralla no llegaba hasta donde estaba Arroyo y tampoco le pegaba al viejo. Pero ahoritita iban a darse cuenta de su error. Y entonces, adiós, gringo viejo, murmuró Arroyo, acostado sobre su pecho.

Lo vieron venir y la verdad es que no lo creyeron. El viejo entendió lo que pasaba apenas pudo distinguir sus caras atónitas. No se parecía a ellos, era como un diablo blanco y vengador, tenía ojos que sólo los tiene Dios en las iglesias; el Stetson voló y reveló la imagen de Dios Padre. Se parecía a la imaginación, no a la realidad. Bastó para que el grupito de federales perdiera los cabales antes de recuperarlos y cambiar de la ametralladora a los rifles, torpemente, sin darse cuenta de que detrás de ellos un comandante de la Confederación a caballo los acicateaba a la victoria con una espada desenvainada y que era a este jinete relampagueando su cólera en lo alto de la montaña a quien se dirigía el gringo, no a ellos que perdieron ahora su ametralladora, lazada fuera de vista y luego la arrugada y seca aparición disparó contra los cuatro hombres en la posición de francotiradores y estaban muertos bajo el sol, aplastados sobre un peñasco caliente, sus rostros ardiendo en la muerte, sus pies enterrados en el polvo sorprendido, como si quisieran salirse corriendo a la muerte, jugarle carreras. Un grito unánime brotó de la fuerza rebelde pero el gringo no lo oyó, el gringo siguió disparando a lo alto, contra las peñas por donde corría primero y caía después el jinete vestido de gris pero más blanco que él, despeñándose por los aires: el jinete del aire.

Todos corrieron hasta él para que parara, para felicitarlo, sacudiéndose la tierra y las espinas del pecho, pero él continuaba disparando a lo alto y al aire, sin atender el clamor de sus camaradas que no podían saber que aquí se estaba volviendo realidad fantasmal un cuento en que él era un vigía del ejército unionista que se queda dormido un minuto y es despertado al siguiente por una voz ronca escuchada por mortales: la voz de su padre sureño, montado en un caballo blanco en lo alto de una peña:

—Haz tu deber, hijo.

—He matado a mi padre.

—Eres un hombre valiente, general indiano —dijo Arroyo.

El viejo miró duro y hondo en los ojos del general, pensando que podía decirle muchas cosas. Nadie se iba a interesar en su historia. Excepto Harriet Winslow, quizás. Y aun ella, que perdió a su padre en una guerra, sería demasiado literal ante una historia así. Para el gringo viejo, aturdido por el quebradizo planeta que separa a la realidad de la ficción, el problema era otro: periodista o escritor, la alternativa lo seguía persiguiendo; no era lo mismo pero debía sacarse las opciones de la cabeza. Ya no podía seguir creyendo que iba a vivir, a trabajar, a optar entre la noticia dirigida a Hearst y sus lectores, o la ficción dirigida al padre y la mujer, y que no era posible seguir sacrificando ésta a aquélla. Sólo había una opción y por eso le dijo, como única respuesta, a Arroyo:

—No es muy difícil ser valiente cuando no se tiene miedo a la muerte.

Pero Arroyo sabía que las montañas ya estaban gritando, de abismo a cima, de cueva a cañada, sobre barrancas y riachuelos secos como los huesos de las vacas: ha llegado un hombre valiente, anda suelto un valiente, un hombre valiente ha puesto pie en nuestras piedras.

IX

Pero el desierto nos olvida, se dijo esa mañana el gringo viejo. Arroyo pensó al mismo tiempo, mirando al cielo, que todo tiene un hogar, pero él y las nubes no. En cambio, Harriet Winslow despertó pronunciando *tomorrow*, la palabra *mañana*, acusándola de haberle prolongado el sueño para despertarla en seguida con una incómoda sensación de deber pospuesto. La pregunta del viejo (¿se había visto en los espejos del salón de baile?) seguía retornando, y Harriet se dijo a sí misma ¿por qué no?, aunque los espejos empezaban a contarle una historia que no le gustaba. Acaso el viejo quiso preguntarle anoche si en estos espejos de la hacienda la mujer vio otra cosa, o lo mismo de siempre.

—Tu alma no es distinta de tus sueños. Ambos son instantáneos.

—Tu alma no es del instante. No es un sueño, es eterna.

Por eso esta mañana de la escaramuza que ella desconocía, caminó con paso firme al pueblo aledaño a la hacienda, fresca y eficaz en su blusa y corbata, su amplia falda de lana plisada y sus botines altos, amarrándose la cabellera castaña en un chongo, murmurando lo primero es lo primero, olvidando que al despertar se sintió indecisa entre lo que pudo decir y no dijo en su encuentro con el general y el viejo, recobrando las lagunas espectrales de su discurso y de su acción vigilante, que la habían perseguido la noche entera. La actividad diurna era más importante por ello mismo; suponía implicar primero y destruir después los acosos nocturnos del instante. Pero volvería a dormir, volvería a soñar: la ruptura de los sueños en la máquina minutera que todos los días destruía el verdadero tiempo interno en la molienda de la actividad, sólo le daba un relieve mayor, un valor más acentuado, al mundo del instante eterno, que regresaría de noche, mientras ella dormía y soñaba sola.

Al caer el crepúsculo, regresó el destacamento. Arroyo vio a los hombres que se habían quedado limpiando las ruinas de la hacienda, a las mujeres preparando grandes baldes de jalbegue y a los niños sentados alrededor de miss Winslow en el salón de baile dispensado de la destrucción. Los niños evitaban mirarse en los espejos. La miss había hablado con firmeza en contra de la vanidad y este salón era una tentación para probar nuestra humildad cristiana, un salón lleno del pecado de la presunción.

—¿Se vieron en los espejos al entrar al salón de baile?

Había aprendido un español correcto en su escuela normal en Washington y podía hablar con firmeza, incluso corrección, cuando no estaba asustada como la noche anterior: La Presunción, La Vanidad, El Diablo, El Pecado y los niños pensaron que la lección de la maestrita gringa no era muy distinta de los sermones del párroco aquí en la hacienda, sólo que en la capilla había cosas más bonitas y divertidas para mirar mientras el cura hablaba. Miss Harriet Winslow los interrogó y los encontró inteligentes y abiertos. Pero, ¿la señorita había visitado ya la linda capillita?

—¿Vio usted algo distinto de lo que veía en Washington, o siempre la misma imagen?

La mirada de Harriet Winslow encontró la de Tomás Arroyo cuando el general entró marchando al salón de baile con un fuete en la mano. Ella vio la furia contenida del general y se regocijó con ella. ¿Quién le había dado permiso a la señorita para reconstruir la hacienda? ¿Por qué estaba distrayendo elementos militares?

—Para que la gente tenga un techo sobre sus cabezas —dijo simplemente miss Winslow—. No todos pueden dormir en un pullman diseñado para los Vanderbilt.

El general la miró con los ojillos más angostos que nunca.

—Yo quiero que este lugar sea una ruina. Yo quiero que la casa de los Miranda se *quede* ruina.

—Está usted loco, señor —dijo Harriet con toda la serenidad posible.

Él taconeó duro su paso hasta ella pero se detuvo antes de tocarla.

—Arroyo. Mi nombre es el general Arroyo.

Esperó pero ella no respondió: él gritó:

—¿Ahora entiende? Nadie toca este lugar. Se queda como está.

—Está usted loco, señor.

Ahora había un insulto en la voz de Harriet. Él la tomó del brazo con violencia y ella sofocó un gemido.

—¿Por qué no me llama general, general Arroyo?

—¡Suélteme!

—Conteste, por favor.

—Porque usted no es general. Nadie lo nombró. Estoy segura de que se nombró solito.

—Venga conmigo.

La sacó a fuerzas a la hora tardía. El viejo estaba bebiendo una copa de tequila en el carro del general cuando oyó la conmoción y salió a la plataforma. Los vio claramente diseñados, de cara al sol poniente, ella alta y esbelta, él bajo para ser hombre pero musculoso, compensando en fuerza viril lo que la gringa le quitaba en altura o maneras o como se llamara eso que él temía y deseaba ahora de parte de ella, pensó el viejo al verlos y oírlos allí el mismo día de la hazaña en que el viejo no quería sentarse a escribir para compensar el desgaste físico y por eso se emborrachaba y rogaba que este día terminara pronto y llegara el día siguiente que quizá sería ya el de su muerte. Pero él sabía que el premio, como siempre, no era para los valientes, sino para los jóvenes: morir o escribir, amar o morir. Cerró los ojos con miedo: estaba mirando de lejos a un hijo y una hija, él opaco, ella transparente, pero ambos nacidos del semen de la imaginación que se llama poesía y amor. Tuvo miedo porque no quería más afectos en su vida.

—Mira —le dijo Arroyo a la señorita Winslow, igual que le dijo esa mañana al gringo viejo—, mira la tierra —y ella vio un mundo seco, feo, pero hermosamente dramático, fuerte, despojado de generosidad, ajeno a los frutos fáciles: ella vio una tierra donde los frutos escasos tenían que nacer del vientre muerto, como un niño que seguía viviendo y pugnaba por nacer en la entraña muerta de su madre.

Harriet y el viejo pensaron ahora en otras tierras más feraces, ríos ricos y eternamente lánguidos, el resplandor de trigales trémulos sobre tierras llanas como un mantel y valles de suaves ondulaciones junto a montañas azules y humeantes cargadas de bosque. Los ríos: pensaron sobre todo en los ríos del norte, una letanía que rodaba de sus lenguas como una corriente de deleites perdidos en el atardecer mexicano seco y sediento. Hudson, dijo el viejo; Ohio, Mississippi, le contestó desde lejos ella; Mississippi, Potomac, Delaware, concluyó el gringo viejo: las buenas aguas verdes.

¿Qué le dijo el gringo a miss Harriet anoche? Llegó como institutriz a una hacienda que ya no existe, que nunca vio, a enseñarles el inglés a niñitos a los que no conoció, ni supo cómo fueron, o si existieron siquiera.

—Se aburrían —dijo Arroyo con palabras pesadas y secas en esta tierra sin ríos.

Se aburrían: los señoritos de la hacienda sólo venían aquí de vez en cuando, de vacaciones. El capataz les administraba las cosas. Ya no eran los tiempos del encomendero siempre presente, al pie de la vaca y contando los quintales. Cuando venían, se aburrían y bebían coñac. También toreaban a las vaquillas. También salían galopando por los campos de labranza humilde para espantar a los peones doblados sobre los humildes cultivos chihuahuenses, de lechuguilla, y el trigo débil, los frijoles, y los más canijos les pegaban con los machetes planos en las espaldas a los hombres y se lanzaban a las mujeres y luego se las cogían en los establos de la hacienda, mientras las madres de los jóvenes caballeros fingían no oír los gritos de nuestras madres y los padres de los jóvenes caballeros bebían coñac en la biblioteca y decían son jóvenes, es la edad de la parranda, más vale ahora que después. Ya sentarán cabeza. Nosotros hicimos lo mismo.

Arroyo ya no señalaba hacia la tierra maldita. Ahora obligó a Harriet a mirar las ruinas incendiadas de la hacienda. Ella no resistió físicamente porque no resistió mentalmente. Le estaba concediendo a Arroyo lo que era de Arroyo, se dijo el viejo embriagado por la hazaña militar, el gusano literario resurrecto, el deseo de la muerte, el miedo a morir desfigurado: los perros, las navajas; el recuerdo del dolor ajeno cuando se convirtió en dolor propio; el miedo de morir asfixiado por el asma; las ganas de morir por mano ajena. Todo esto al mismo tiempo: "Quiero ser un cadáver bien parecido."

—Yo soy el hijo de la parranda, el hijo del azar y la desgracia, señorita. Nadie defendió a mi madre. Era una muchachita. No estaba casada ni tenía quién la defendiera. Yo nací para defenderla. Mire, miss. Nadie defendía a nadie aquí. Ni siquiera a los toros. Castrar toros, eso sí que era más excitante que cogerse campesinas. Vi cómo les brillaban los ojos al castrar y gritar: *¡Buey, buey!*

Tenía a Harriet tomada de los hombros y ella no resistía porque sabía que Arroyo a nadie le hablaba así y quizás porque entendía que lo que decía Arroyo era cierto sólo porque el general ignoraba al mundo.

—¿Que quién me nombró general? Te lo voy a decir. La desgracia me nombró general. El silencio y callarme. Aquí te mataban si te oían hacer ruidos en la cama. Los hombres y las mujeres que gemían al acostarse juntos eran azotados. Era una falta de respeto a los Miranda. Ellos eran gente decente. Nosotros amamos y parimos sin voz, señorita. En vez de voz, yo tengo un papel. Pregúntale a tu amigo el viejo. ¿Te está cuidando bien? —dijo Arroyo pasando sin solución de continuidad del drama a la comedia.

—La venganza —dijo Harriet sin hacerle caso—, la venganza lo mueve. Éste es su monumento a la venganza, pero también al desprecio a su propio pueblo. La venganza no se come, general.

Pregúntales a ellos entonces —dijo Arroyo señalando a su gente.

(Le dijo el bravo Inocencio Mansalvo: —No me gusta la tierra, señorita. Le mentiría si le dijera esto. No quiero pasarme la vida agachado. Quiero que se destruyan las haciendas y se deje libres a los campesinos para que puédamos ir a trabajar donde quiéramos, en la ciudad o en el norte, en su país, señorita. Y si no, yo no me cansaré nunca de pelear. Agachado así, nomás no: quiero que me miren la cara.)

(Le dijo la Garduña: —Mi padre era bien terco. Se plantó de guardia en nuestra pobre tierra de temporal. Vino la guardia blanca de la hacienda y mató a mi papá y a mi mamá, que esperaba un hermanito o hermanita, vaya a saber… Yo era chiquitita y me pude esconder debajo de una cazuela. Unos vecinos me mandaron a Durango a vivir con mi tía soltera doña Josefa Arreola. Un día pasó la revolución y un muchacho gritó, se mostró, se movió frente a mis ojos… Ay mi papá, ay mi mamá, ay mi pobre angelito muerto…)

(Le dijo el coronel Frutos García: —Nos ahogábamos en esos pueblos de la provincia, señorita Winslow. Hasta el aire estaba siempre de luto allí. Usted aquí ve a veces pueblo pueblo, viejos cuatreros, campesinos que no tuvieron otra o que de plano les gusta el mitote. Pero véame a mí que soy hijo de comerciante y pregúntese cuántos como yo han tomado las armas y apoyan la revolución y le estoy hablando de profesionistas, escritores, profesores de escuela, industriales pequeños. Podemos gobernarnos a nosotros mismos, se lo aseguro, señorita. No queremos más un mundo dominado por los caciques, la sacristía y las aristocracias ridículas que aquí siempre hemos tenido. ¿Usted no nos cree capaces, pues? ¿O sólo le teme a la violencia que antecede a la libertad?)

—Pregúnteles a ellos, entonces —dijo Arroyo señalando su gente; le dio la espalda a Harriet, alejándose con orgullo, con la cabeza ladeada.

Desde la plataforma del pullman el viejo vio y oyó e imaginó. "¿Cuál es el pretexto más hondo para amar? ¿Se diferencia del pretexto para actuar?"

Entendió, sin embargo, que Arroyo le estaba demostrando de lejos "lo que traía en la cabeza" en vez de un alfabeto.

X

Estaba un poquito pasado de copas, pero la recibió en la plataforma del carro, le ofreció el brazo como un caballero de la antigua usanza y todos sus conflictos se resolvieron en este hecho que era la presencia de una mujer joven y bella cerca de él, en disposición amena, social, lejos de las decisiones pospuestas: después de todo, la vida…

Ella aceptó la copita de tequila.

—¡Bueno! —suspiró Harriet Winslow en situación de norteamericana en compañía de un paisano al atardecer y frente a una copa reconfortante—. Usted sabe que no es fácil dejar atrás Nueva York. Washington en realidad no es una ciudad, sino un lugar de paisaje. Los actores principales cambian tan a menudo —se rió quedamente y el viejo se preguntó si esta conversación tenía lugar al caer la noche sobre un desierto salvaje en México.

—¿Por qué dejó usted Nueva York? —preguntó el viejo.

—¿Por qué nos dejó Nueva York a nosotros? —ella expresó suavemente su alegría otra vez y el viejo se dijo que quizás la embriaguez de Harriet era anterior a la de él, y más vertiginosa. Y él sólo quería preguntarle de nuevo: "¿Te viste en los espejos al entrar al salón de baile?"

Pero se dio cuenta, en una mirada furtiva de la mujer que minutos atrás estaba de hecho en brazos de un hombre joven y extraño, de que ella prefería no hablarle sobre eso, pero tampoco quería parecer torpe e interrogarlo sobre su propia vida: esa mañana la norteamericana había visto la maleta abierta del viejo, un par de libros en inglés, ambos del mismo autor, y un ejemplar del *Quijote*; y ahora, junto a la copa, unas cuartillas y un lápiz mocho. Era más fácil para los dos, ahora, hablar de ella, de su pasado. El viejo había luchado; pudo haber muerto. Ella bebió a sorbos y le dijo en silencio sé que luchaste hoy, se te ve un entusiasmo en la cara, no te negaría un poco de candor y un poco de calor tampoco. Por eso prefirió hablar de ella y contestar así a la pregunta insistente del viejo:

—Tantas cosas quedaron sin respuesta cuando mi papá se fue a Cuba. Yo tenía dieciséis años y él nunca regresó.

Le contó que la historia de su familia era curiosa, parecía inventada, sobre todo "si se la cuento aquí". Su tío abuelo, en los cuarenta del siglo pasado, era uno de los hombres más ricos de Nueva York. Se sentía orgulloso de su hijo y lo envió a Europa a hacerse hombre. Pero también, en señal de confianza paterna, le encargó comprar algunos "viejos maestros" de la pintura clásica. En cambio, "mi maravilloso tío Lewis" compró cosas que entonces nadie apreciaba: Giotto y los maestros primitivos. "¿Sabe usted? Mi tío abuelo Halston lo desheredó, creyó que su hijo se había burlado de él comprando unas pinturas crudas y horrendas, indignas de serles mostradas a las damas y caballeros en un salón de la mansión a orillas del Long Island Sound."

Le dejó todo el dinero a sus dos hijas y las pinturas a Lewis como una herencia bufa, por ser inservibles nada más. El tío Lewis se quedó con las pinturas y murió en la pobreza. Una tía solterona las guardó en su ático "y mi propia abuela, que las heredó, se contentó con regalárselas a alguien. Cuando finalmente fueron subastadas hace veinte años, su precio resultó ser de cinco millones de dólares. Al tío Lewis le habían costado cinco mil. Pero para nosotros ya era demasiado tarde".

Se empinó la copita y le dijo al gringo viejo que imaginara nomás y él le dijo que sí, podía imaginar los sueños de una muchacha joven, ser rica en Nueva York a principios de siglo, cuando la vida era dulce allí, y en cambio "tener que esperar, esperar como su madre tuvo que esperar también, no fue fácil, claro que no fue fácil", porque ellas no estaban acostumbradas a aceptar caridad, en cualquiera de sus formas; los pretendientes no abundan para una muchacha sin peculio, hija de un oficial menor perdido en Cuba, la hija de la viuda de un capitán del ejército cursando estudios normalistas en Washington, D. C., para estar cerca de Dios sabe qué y…

—Bueno. ¿Y usted? Allí termina mi historia.

—Imagínese…

—Sí —ella dijo sí y volvió a mirar las cuartillas garabateadas, el lápiz mocho—. Estudiamos literatura en la escuela, ¿sabe usted, señor? Qué bueno que trajo el libro de Cervantes a México.

—Nunca lo había leído —dijo el gringo viejo—. Pensé que aquí…

—Nunca es demasiado tarde para leer a los clásicos —esta vez Harriet ofreció la copita y el gringo se la llenó antes de servirse su cuarta, quinta…— o a nuestros contemporáneos. Veo que también trae usted dos obras del mismo autor, un autor americano vivo…

—No las lea —dijo el viejo limpiándose el bigote del sabor pungente del tequila—. Son obras muy amargas, diccionarios del diablo…

—¿Y usted? —insistió ella, como él había insistido, ¿se vio ella en los espejos al entrar al salón de baile?, ¿qué historia le contaban los espejos?

¿Y él? ¿Iba a repetir acaso todo lo que sentía? Vine a morirme, soy escritor, quiero ser un cadáver bien parecido, no tolero cortarme cuando me afeito, tengo terror de que un perro rabioso me muerda y luego morir desfigurado, no le tengo miedo a las balas, quiero leer *Don Quijote* antes de morir, ser gringo en México es mi manera de morir, soy…

—Un viejo amargo. No me haga caso. Es una simple coincidencia que nos hayamos encontrado aquí. Si no la encuentro a usted, miss Harriet, sin duda encuentro a un periodista gringo de los que andan siguiendo a Villa y a él no tendría que contarle mi historia. La sabría.

—Pero yo no la sé —dijo Harriet Winslow—. Y yo he sido cándida con usted. ¿Un viejo amargo, dice?

—Old Bitter. Un despreciable reportero remuevelodos al servicio de un barón de la prensa tan corrupto como aquellos a los que yo denuncié en su nombre. Pero yo era puro, miss Harriet, ¿me lo cree usted? Puro pero amargo. Yo ataqué el honor y el deshonor de todos, sin hacer distingos. En mi tiempo fui temido y odiado. Tómese otra y no me mire así. Usted me pidió candor. Yo se lo voy a dar. Para eso me pinto solo.

—No sé, en verdad, si…

—No, no, no —dijo terminantemente el viejo—. Usted entiende por qué me tiene que oír hoy.

—Mañana… Yo sé su nombre.

El viejo hizo una mueca irónica.

—Mi nombre era sinónimo de la frialdad antisentimental. Yo era el discípulo del diablo, sólo que ni siquiera al diablo hubiera aceptado como maestro. Mucho menos a Dios, a quien difamé con algo peor que la blasfemia: con la maldición a todo lo que Él creó.

Ella intentó una interjección graciosa, ella era metodista, él soñaba, un minuto, quería imaginarlo, pero él no le permitió ningún juego, ninguna distracción.

—Me inventé un nuevo decálogo —dijo él abruptamente.

"No adoréis más imágenes que las que aparecen en las monedas de vuestro país; no matéis, pues la muerte libera a tu enemigo de su constante penar; no robéis, es más fácil dejarse sobornar; honra a tu padre y madre, a ver si te heredan su fortuna."

—De manera que me inventé una nueva familia, la familia de mi imaginación, el objeto de la destrucción a través de mi Club de Parricidas. Por Dios, si hasta en los senos de mi madre percibí señas de canibalismo y urgí a los amantes a que se mordieran al besarse, anden, muérdanse, bestezuelas, cómanse entre sí: muérdanse… ¡ja!

Se puso de pie sin quererlo, haciendo que se cayeran las cuartillas y el lápiz precariamente detenidos sobre el descanso de una silla en la plataforma y afuera la noche del desierto reclamaba su parentesco con el mar vacío. Las lejanas montañas duras y pelonas tenían el color de las pirámides. Los pájaros pasaron con un rumor de pasto ondulante y quebrado.

—Oh, tuve mi minuto de gloria —rió sarcásticamente el viejo, en cuclillas, recogiendo sus materiales de trabajo—. Me convertí en la némesis del gran corruptor y desfalcador californiano hasta que él mismo me invitó a visitarle en su oficina y trató de cohecharme. Sí, le dije, yo soy incorruptible. Él se rió como me río ahora yo, miss Winslow, y me dijo: "Todo hombre tiene un precio." Y yo le contesté tiene usted razón, escríbame un cheque por setenta y cinco millones de dólares. "¿A su nombre o al portador?", dijo Leland Stanford con la chequera abierta y la pluma en la mano, burlándose de mí con algo peor que la burla, la complicidad de sus ojillos de ratón gris. No, le dije, a favor de la Tesorería de los Estados Unidos por el precio exacto de las tierras públicas robadas por usted, y usted, señorita, nunca vio una cara como la de Stanford cuando yo le dije eso. ¡Ja!

El viejo rió de su travesura más que al cometerla, porque entonces tuvo que mantener la cara de palo y ahora no, ahora podía gozarla, el recuerdo era mejor que el hecho, ahora sí podía reír: ¿así iba a morir mañana?

—Claro —dijo secándose las lágrimas de risa con un paliacatón de alamares rojos—, un periodista investigativo necesita a un financiero corrupto como Dios necesita a Satanás y la flor requiere del estiércol, si no, ¿con qué se compara su gloria?

Guardó silencio un rato y ella no dijo nada. Recordó su paso por las montañas días antes y hasta ahora recapacitó en que sobre la Sierra Madre aún sopla el aliento poderoso de la creación.

—Hubiera aceptado el ofrecimiento de Stanford y le hubiera tirado su puesto a la cara a Hearst, en vez de andar juntando para vivir y negándoles cosas a mi mujer y a mis hijos y luego incrementando mi culpa gastando lo poco que ahorraba en esos malditos bares de San Francisco donde los californianos nos reunimos a mirar hacia el mar para decirnos: Se acabó la frontera, muchachos, se nos murió el continente, se fue al diablo el destino manifiesto, ahora a ver dónde lo encontramos: ¿sería un espejismo del desierto? Otra copa.

—Ya no más oeste, muchachos, salvo en la frontera invisible de una copa de whisky vacía.

Harriet Winslow tomó la mano temblorosa del viejo y le preguntó si quería seguir, si lo que había contado no era ya una derrota suficiente, y una expiación en el recuerdo. Pero él dijo que no, no era así porque él siguió justificándose, él no era responsable.

—Yo era algo así como el ángel exterminador, ve usted. Yo era el amargo y sardónico discípulo del diablo porque trataba de ser tan santurrón como los objetos de mi desprecio. Usted debe entender esto, usted metodista, yo calvinista: los dos tratando de ser más virtuosos que nadie, ganar la carrera puritana pero fastidiar de paso a quienes cercanos a nosotros se encuentran; pues verá usted, miss Harriet, que yo en realidad sólo tenía poder sobre ellos, mi mujer y mis hijos, no sobre los lectores tan satisfechos de sí como yo o como Hearst, tan del lado de la moral y la rectitud y la indignación todos ellos, diciendo: ése al que denuncian no soy yo, sino mi abyecto hermano, el otro lector. Pero tampoco tuve poder alguno sobre los blancos de mi furia periodística y mucho menos sobre quienes manipularon mi humor y mi furia para sus propios fines. Viva la democracia.

Ella no le soltaba la mano. (Ella se sienta sola y recuerda.) Ella sentía que no tenía por qué escoger entre quienes estaban en este lugar ofreciendo la muerte como una maldición y sin embargo vivían sus momentos finales abiertos a la comprensión y quienes acaso concebían la muerte como un regalo de la vida; pero se cerraban, negándose a recibirlo; acariciando la mano rugosa del viejo con su pesado anillo matrimonial, sólo supo decirle con una natalidad del cariño:

—¿Entonces por qué entiendes lo que es ser derrotado? —lo dijo en inglés pero con un cambio imperceptible de tono, un deslizamiento hacia la familiaridad cariñosa que era el equivalente del "tú" castellano. El viejo estaba demasiado envuelto en sí, en su memoria, para darse cuenta, diciendo que un día el viejo y amargo cínico descubrió que era tan sentimental como los objetos de su burla y desprecio: un viejo lleno de nostalgia y memorias del amor y de la risa.

—No pude soportar el dolor de los que amé. Y no pude soportarme a mí mismo por ser un sentimental cuando la desgracia me tocó el hombro.

Apretó las dos manos de Harriet Winslow cuando las nubes nocturnas pasaron buscando su espejo en el desierto, sin hallarlo, y siguieron su destino errabundo. Le juró a miss Harriet que no le estaba pidiendo que compartiera su desgracia; es que mañana, quizás… Ella entendía; ella era la única que podía entender y los dos estaban un poquito alegres.

—Pero yo no tengo desgracias que compartir —dijo con un tono repentinamente frío miss Winslow—. Yo sólo he sufrido humillaciones y desprecio el chisme.

Él ya no la escuchaba en realidad, ni tenía capacidad para matizar las actitudes mutables de esta mujer en parte caprichosa, en parte voluntariosa, en parte digna, en parte débil. Pero seguía prendido a las manos de Harriet Winslow.

—Sólo quería decirte que debes comprender la derrota de un hombre que creyó ser dueño de su destino y que incluso creyó que podía darle forma al destino ajeno a través del periodismo de denuncia y sátira, insistiendo sin claudicaciones en que era amigo de la Verdad, no de Platón, mientras que mi amo y señor de la prensa canalizaba mi furia para la mayor gloria de sus intereses políticos y su circulación masiva y sus masivas cuentas de banco. Oh, qué idiota fui, miss Harriet. Pero para eso me pagaban, para ser el idiota, el bufón, pagado por él, mi Amo y Señor en esta tierra.

Abrazó a Harriet, sólo abrazado con la nariz hundida en esa cabellera que era como la respuesta viva al desierto, sólo diciéndose que lo animaba a seguir viviendo un conato de amor físico, un acercamiento del cuerpo al cuerpo, y no el sentimiento o la compasión detestadas, haciéndose ilusiones de que ella entendería o aceptaría semejante distinción, pero aceptando en nombre de su padre al gringo al que ella quería ver, oyéndolo, no como periodista sino como militar, perdido en acción, perdido en el desierto sin más apoyo que el de ella, su compatriota imbuida de las nociones del honor militar y el apoyo debido a los compatriotas en el exterior, le dijo que "dos veces murió mi primer hijo, un alcohólico primero y un suicida después que me leyó y me dijo: Viejo, has escrito el plan maestro para mi muerte, ay viejo querido."

"Alguien afligido con una enfermedad dolorosa o repugnante, alguien que se ha deshonrado, alguien irremediablemente entregado a la botella, alguien… ¿por qué no honrarlos cuando se suicidan, honrarlos tanto como al valiente soldado o al abnegado bombero?"

—Ves, Harriet —le dijo como si hablara a las estrellas muertas y no a la oreja húmeda y cálida que tenía cerca, sin que los brazos de la mujer lo apretaran contra los pechos de la mujer—, en realidad no estaban contra mí, sino en contra de mi vida. El hombre mi hijo mayor decidió morir en el horrible mundo que yo escribí para él. Y el hombre mi hijo menor decidió morir demostrándome que tenía el coraje de morir por coraje.

Rió en voz alta:

—Yo creo que mis hijos se mataron para que yo no los ridiculizara en los periódicos de mi patrón William Randolph Hearst.

—¿Y tu mujer?

El gringo viejo viajó por el desierto mirando a los tarayes junto a un flaco río. Esas matas sedientas y lujosas atesoran el agua escasa sólo para volverla amarga, salada, inservible para todos:

—Ella se murió sola y llena de amargura, se murió de una enfermedad honda y devoradora, que es la de la sensación de haber perdido el tiempo en las mil recriminaciones tristes de una pareja que se pasa los días cruzándose sin hablarse, sin mirarse siquiera; los encuentros insufribles de dos animales ciegos en una cueva.

"Sólo la muerte compensa de tanta bilis vengativa, exigencias de silencio, genio trabajando y luego,

¿dónde están las pruebas del cacareado talento?", dijo el viejo recomponiéndose, sintiendo el dolor de cabeza, alejándose de Harriet Winslow como el pecador se aleja del confesionario y busca el piso donde hincarse a cumplir la penitencia. El gringo viejo trató de penetrar con la mirada la ceguera nocturna del desierto e imaginar esas creosotas que crecen guardando sus distancias porque sus raíces son venenosas y matan a cualquier planta que crezca a su lado. Así se apartó de Harriet Winslow.

—¿Y la hija? —dijo con la voz por primera vez temblorosa Harriet Winslow, maldiciendo en seguida esa traición de sí misma.

—Mi hija juró nunca volverme a ver —contestó serenado el viejo, buscando en vano con sus manos nerviosas una copa o un pedazo de papel—. Me dijo: Me moriré sin volverte a ver, pues espero que mueras antes de que sepas si me vas a extrañar. Pero lo dudo, miss Harriet, lo dudo porque tuvo en sus ojos la gran esperanza de que yo recordaría las pequeñas cosas que, después de todo, nos mantuvieron unidos tantos años. ¿No fue así entre usted, su padre y su madre, miss Harriet?

Ella no contestó. Quería escuchar el fin. No quería que el viejo volviera a perder la mirada en la noche del desierto, buscando imposibles analogías. (Ella permanece sentada y recuerda: quería que el viejo terminara ya y que ella no tuviera que empezar nunca.) Sabía que la historia tragicómica del tío abuelo Halston y las pinturas italianas no era suficiente para compensar el regalo que de su vida le hacía el viejo compatriota, el escritor.

—¿Y la hija?

—¿Recuerdas los goces nimios de ser padre e hija y luego el enorme dolor de entender que eso se acabó para siempre?

—¿Y la hija? —casi gritó, pero con una frialdad terca y queda, Harriet Winslow.

Me dijo que no me perdonaría nunca su dolor mortal ante los cadáveres de sus hermanos. Tú los mataste a los dos, me dijo, a los dos.

—¿Y el país? —se levantó ahora con enojo Harriet, disfrazando su miedo de no continuar sola, "debo contestarle al viejo, ¿y el país?" y el viejo cayó en la trampa, también de eso se burló, claro, ¿quería ella saber si él también había asesinado el sentido del honor nacional, del deber patriótico, de la lealtad a la bandera? Pues sí; hasta eso, por eso le temió su familia, él se rió de Dios, de la Patria, del Dinero, por Dios, entonces, ¿cuándo les tocaría a ellos?, eso se han de haber preguntado ellos, a nosotros cuándo, cuándo se volverá nuestro maldito padre contra nosotros, juzgándonos, diciéndonos ustedes no son la excepción, son parte de la regla, tú también mi mujer, tú también mi hermosa hija, ustedes también mis hijos, son parte de esa basura ridícula, de esos pedos de Dios que se llaman la humanidad.

Los extinguiré a todos con ridículo. A todos los sofocaré con una risa envenenada. Me reiré de ustedes como de los Estados Unidos, su Ejército y su Bandera ridículas —dijo ya sin aire el viejo, sofocado por el asma,

My country 'tis of thee
Sweet land of felony...

Harriet Winslow no se movió para ayudarlo. Nada más lo miró allí, ahogándose, doblado sobre sí mismo en la sillita de mimbre de la plataforma del tren como una navaja de afeitar se dobla al dejar de ser usada.

—Le digo que yo respeto al ejército —dijo Harriet tan sencillamente como pudo, sin tratar de sonar argumentativa, porque al menos el viejo no había mentido.

—¿Por qué el ejército se interpuso entre ustedes y el hospicio? —preguntó sofocado el viejo, con los ojos brillantes y llorosos, pero decidido a morirse en la raya de la burla ahogado por su propia risa—. Entonces en realidad *fue* el hospicio. Lo siento.

—Yo no me avergüenzo de nuestra nación y de nuestros antepasados. Ya se lo dije, mi padre murió en Cuba, desaparecido en combate…

—Lo siento —tosió el viejo que minutos antes acarició las manos y hundió el olfato en la cabellera castaña de una bella mujer—. Ahora abre bien los ojos, miss Harriet, y recuerda que matamos a nuestros pieles rojas y nunca tuvimos el valor de fornicar con las mujeres indias y tener por lo menos una nación de mitad y mitad. Estamos capturados en este negocio de matar eternamente a la gente con otro color de piel. México es la prueba de lo que pudimos ser, de manera que mantén bien abiertos los ojos.

—Ya veo. Sientes vergüenza de haberte mostrado abierto y humano conmigo. No toleras el dolor de los que amaste.

De su padre había escrito hace mucho el gringo viejo: "Fue un soldado, luchó contra salvajes desnudos y siguió la bandera de su país hasta la capital de una raza civilizada, muy al sur." Pero a ella no podía decirle esto ahora, no quería compartir nada más con ella esta noche ni darle razón alguna. Se preguntó si esto era lo único que tenían en común, las guerras entre hermanos, las guerras contra "salvajes", las guerras contra lo débil y extraño. No dijo nada porque quiso confiar en que algo más, alguien más, podría todavía unirlos, sin que ella dependiera de él para entender nada aquí. No iba a olvidar muy pronto el olor del pelo, la suavidad de piel, las manos deseables. Quizás era demasiado tarde: ella había desaparecido y él se quedó solo frente al desierto. Quizás la podría visitar en sueños. Quizás la mujer que entró al salón de baile la noche anterior no se vio a sí misma, pero sí soñó.

—Son vidas ajenas, que no entendemos muy bien —dijo Inocencio Mansalvo—. ¿Quieren conocer nuestras vidas mejor? ¡Pues tendrán que adivinarlas, porque todavía no somos nadie!

XI

El general Arroyo dijo que el ejército federal, cuyos oficiales habían estudiado en la academia militar francesa, esperaban empeñados en combate formal, donde ellos conocían todas las reglas y los guerrilleros no.

—Son como la señorita —dijo el joven mexicano, moreno, duro, casi barnizado—; ella quiere seguir las reglas; yo quiero hacerlas.

¿Oyó el viejo lo que la señorita Winslow dijo anoche? ¿Había oído lo que la gente del campamento y la hacienda decía? ¿Por qué no había de gobernarse la gente a sí misma, aquí mismo en su tierra: era éste un sueño demasiado grande? Apretó las quijadas y dijo que quizás la señorita y él querían lo mismo, pero ella no quería admitir la violencia primero. En cambio Arroyo sabía —le dijo al gringo viejo— que una nueva violencia era necesaria para acabar con la vieja violencia; el coronel Frutos Gracía, que era leído, decía que sin la nueva violencia la violencia de antes nomás seguiría para siempre igual, verdad, ¿verdad, general indiano?

El viejo miró largo tiempo el sendero quebrado por donde iban a caballo. Luego dijo que entendía lo que el general trataba de decir y le agradecía que tuviera palabras para decirlo. Eran palabras de hombre, le dijo, y las agradecía porque lo ataban de nuevo a los hombres cuando él había hecho una profesión de negar la solidaridad o cualquier otro valor, para qué negarlo, dijo el gringo viejo esperando que su sombrero ocultara su sonrisa.

Trotaron en silencio hacia la cita. El viejo pensó que estaba en México buscando la muerte y ¿qué sabía del país? Anoche le citó al desierto una frase recordando que su padre había participado en la invasión de 1847 y la ocupación de la ciudad de México. Luego recordó que Hearst mandó a un radical del periódico a reportear sobre el México de Porfirio Díaz y el periodista regresó diciendo que Díaz era un tirano que no toleraba oposición alguna y había congelado al país en una especie de servidumbre, donde el pueblo era el siervo de los hacendados, el ejército y los extranjeros. Hearst no dejó que esto se publicara; el poderoso barón de la prensa tenía a su radical y a su tirano, le gustaban los dos, pero sólo defendía al tirano. Díaz era un tirano, pero era el padre de su pueblo, un pueblo débil que necesitaba un padre estricto, decía Hearst paseándose en medio de sus tesoros acumulados en cajas y aserrín y clavos.

—Hay algo que no sabes —le dijo Arroyo al gringo—. De joven Porfirio Díaz era un luchador valiente, el mejor guerrillero contra el ejército francés y Maximiliano. Cuando tenía mi edad, era un pobre general como yo, un revolucionario y un patriota, ¿a que no lo sabías?

No, dijo el gringo, no lo sabía: él sólo sabía que los padres se les aparecen a los hijos de noche y a caballo, montados encima de una peña, militando en el bando contrario y pidiéndoles a los hijos:

—Cumplan con su deber. Disparen contra los padres.

A esta hora temprana del desierto, las montañas parecían aguardar a los jinetes, como si en verdad fuesen jinetes del aire, detrás de cada hondonada: las distancias se pierden y a la vuelta de un recodo la montaña espera para saltar como una bestia sobre el caballero. En el desierto, dice el dicho, se puede ver la cara de Dios dos o tres veces por día. El gringo viejo temía algo semejante, ver la cara del padre, y trotaba junto a un hijo: Arroyo el hijo de la desgracia.

Qué impalpable, pensó el gringo viejo esta madrugada, es la información que un padre hereda de todos sus padres y transmite a todos sus hijos: él creía saber esto mejor que muchos, dijo ahora en voz alta, sin saber o importarle que Arroyo le entendiera, tenía que decirlo, lo habían acusado de parricidio imaginario, pero no al nivel de un pueblo entero que vivía su historia como una serie de asesinatos de los padres viejos, ahora inservibles. No, él realmente sabía de lo que hablaba, incluso cuando tan rápidamente diagnosticó y etiquetó a miss Winslow: él, el viejo, el juglar armado llegado al fin de su particular atadura humana, el hijo de un calvinista iluminado por el terror del infierno que también amaba la poseía de Byron y un día temió que su hijo lo matara mientras dormía, el hijo primero demasiado imaginativo y luego tan horrendamente desdeñoso de todo lo que la familia había heredado y prolongado naturalmente, la parsimonia, el ahorro, la fe, el amor hacia los padres, el sentido de la responsabilidad. Miró a Arroyo, que ni siquiera lo oía. El gringo dijo que la ironía era que hoy el hijo viniera por el mismo camino que el padre había recorrido allá por 1847.

—El ganado, mira —dijo Arroyo—, se está muriendo.

Pero el viejo no miró las tierras de pastoreo de los Miranda; sus ojos estaban cegados por una niebla de reconocimiento propio al pensar en su padre muerto vivo en México en otro siglo, preguntándole al hijo si conociendo el resentimiento y las acusaciones de México contra los americanos, no había venido aquí por ese motivo, pero añadiendo injuria al insulto de su patria americana, provocando a México para que México le hiciera lo que él no se atrevía a hacer por sentido de honor y de respeto propio: no morir, como había pensado, sino sucumbir al amor de una muchacha.

—¿Usted se enamoraría de una muchacha joven, si tuviera mi edad? —dijo en broma el gringo viejo.

—Usted dedíquese a cuidar a las muchachas pa que no les suceda ninguna desgracia —le sonrió de regreso Arroyo—, ya se lo dije, vea que esté bien protegida y piense que es como su hija.

—Eso quise decir, mi general.

—¿No quisiste decir nada más, general indiano?

El viejo sonrió. Alguna vez tenía que empezar a hacer de las suyas; ahora era tan buen momento como cualquier otro; ¿quién le aseguraría que sería Arroyo, y no él, el muerto más ilustre de esta jornada?

—Sí, venía pensando en su destino, general Arroyo.

Arroyo rió de nuevo:

—Mi destino es mío.

—Deje que me lo imagine igual que el de Porfirio Díaz —dijo impávidamente el gringo—. Deje que me lo imagine a usted en el porvenir del poder, la fuerza, la opresión, la soberbia, la indiferencia. ¿Hay una revolución que haya escapado a este destino señor general? ¿Por qué han de escapar sus hijos al destino de su madre la revolución?

—Mejor dime, ¿hay un país que haya evitado esos males, incluyendo el tuyo, gringo? —preguntó Arroyo adelantado sobre su arzón, tan tranquilo como el gringo viejo.

—No, yo hablo de su destino personal, no del destino de ningún país, general Arroyo; usted sólo se salvará de la corrupción si muere joven.

Esto pareció alegrar, en contra de las intenciones del viejo, a Arroyo:

—Me adivinaste el pensamiento, general indiano. Nunca me he soñado viejo. ¿Y tú? ¿Por qué no te moriste a tiempo, cabrón? —rió mucho Arroyo.

El gringo viejo cedió ante el humor del mexicano y sólo le dijo lo que le decía a veces a las estrellas: Esta tierra... —nunca la había visto antes: la había atacado por órdenes de su jefe Hearst, que tenía ranchos y propiedades fabulosas aquí, y temía a la revolución, y como no podía decir: "Entren a proteger mis propiedades", tenía que decir: "Entren a proteger nuestras vidas, hay ciudadanos norteamericanos en peligro, intervengan..."

—Ah qué estos gringos —exclamó Arroyo con un aire de broma tajante—, cuando te digo que hablan en chino... Lo que pasa es que tú no sabes a lo que tenemos derecho, nomás no lo sabes. El que nace con el techo de paja pegado a las narices, tiene derecho a todo, general indiano, ¡a todo!

No tuvieron tiempo de hablar o de pensar más porque llegaron a una pendiente rocallosa donde un centinela esperaba al general y le dijo que todo estaba listo, como él lo ordenó.

Arroyo miró directamente al viejo y le dijo que debía escoger. Iban a engañar a los federales. Una parte del ejército rebelde iba a marchar sobre el llano para encontrarse con el ejército regular como a éste le gustaba, de frente, como les enseñaron en las academias. Otra parte iba a dispersarse en las montañas detrás de las líneas federales, escondidos, hasta tomar el color de la montaña, como los lagartos, con un carajo, se rió a grandes carcajadas amargas Arroyo, y mientras los federales andaban combatiendo formalmente al falso ejército guerrillero en el llano, ellos les cortarían las líneas de abastecimiento, los atacarían por detrás y los dejarían como un ratón dentro de una ratonera.

—¿Dices que tengo que escoger?

—Sí, dónde quieres estar, general indiano.

—En el llano —dijo el viejo sin dudarlo—. No por la gloria, entiende usted, sino por el peligro.

—Ah, conque la lucha guerrillera te parece menos peligrosa.

—No, es más peligrosa, pero menos gloriosa. Usted es un combatiente de la noche, general Arroyo. También está obligado a improvisar. Si lo entiendo bien, en el llano sólo me hará falta marchar hacia adelante con cara de valiente, sin pensar demasiado en que una bala de cañón pueda volarme la cabeza. Déjeme hacer eso.

La máscara asiática de Arroyo no mostró ninguna emoción. Acicateó a su caballo por el sendero pedregoso y el centinela condujo al viejo hacia adelante para unirlo a las tropas del llano. Miró las caras, inconmovibles también, de los soldados. ¿Pensaban lo mismo que él? ¿Sabían? ¿También eran valientes o sólo seguían órdenes, creyendo que tendrían suerte? ¿Iban a combatir con convicción en un escenario de teatro preparado por el singular general Arroyo, el hijo, pensó el gringo, no de la desgracia sino de una complicada herencia: el genético Arroyo?

Luego, cuando de veras estaba en medio de la batalla, el viejo ya no pensó o sólo tuvo tiempo de pensar lo que nadie más pensaba, o sea que todos estaban inmersos en la marea de la caballada, el terremoto de animales bufantes y de cascos trepidantes sobre el duro piso del desierto, la quietud de las nubes del mediodía y la rapidez de las bayonetas rebeldes que iban dejando atrás a sus muertos y avanzando sobre los pesados e inmóviles cañones franceses mientras los artilleros confundidos oyeron, sintieron y temieron los rumores que les caían como cascada sobre las espaldas, el temblor y el estrépito de la sierra, la avalancha de caballos que no temían quebrarse las nucas, los aullidos rebeldes, las balas brillantes sobre los pechos desnudos y los sombreros tirados al aire como gemelos de la rueda del sol.

Los federales se asaban en sus estrechos uniformes de la legión extranjera francesa y sus pequeños kepís les apretaban el cráneo, en tanto que los rebeldes del llano, comandados por el gringo sin miedo, se abrieron un camino hasta la artillería sin siquiera mirar hacia atrás a los cadáveres en el llano, sitiados ya desde el aire por el eterno círculo de zopilotes del cielo mexicano, olfateados ya por los sospechosos cerdos liberados de su infeliz ranchito y que ahora se paseaban libres por la tierra yerma como erizadas bestias color flema, mirando a ver si los cuerpos de veras estaban muertos, de veras ya no hacían daño, antes de ir gruñendo hasta ellos y comenzando luego su fiesta a la hora del rojo atardecer.

No lo habían herido. No estaba muerto.

Esto es lo único que le maravillaba. Su vieja cabeza canosa estaba llena de asombro. Reunieron a los federales capturados y las dos fuerzas rebeldes se juntaron en la victoria. Sólo que esta vez no hubo las celebraciones del día anterior, cuando el gringo lazó la ametralladora. Quizás ahora había demasiados camaradas muertos en el campo. Ellos estaban muertos; él no. Él quería la muerte y seguía aquí, digno de una cómica piedad, ayudando a cercar y reunir a los restos del regimiento federal, sintiendo al fin el rencor hiriente que tanto había esperado.

—El gringo no se murió, fue el más valiente, nomás se dejó ir palante igual que ayer, como si no le temiera a nada ni a nadie, pero no se murió: gringo viejo.

No se sorprendió demasiado de lo que vio y oyó en el apresurado campamento levantado por Arroyo junto a los muros de adobe aplastado del ranchito de donde huyeron los puercos llenos de terror hambriento. Arroyo les dijo a los prisioneros que los que quisieran unirse al ejército revolucionario de Pancho Villa serían admitidos de buena gana, pero los que resistieran serían fusilados esta misma noche porque ellos viajaban ligero y no andaban arrastrando prisioneros inútiles.

La inmensa mayoría de los soldados se arrancaron en silencio las insignias federales y se formaron con los villistas. Pero otros se resistieron y el gringo los miró como se mira siempre a las excepciones. Tenían caras orgullosas o locas o de plano nomás cansadas. Se alinearon detrás de sus cinco oficiales, que ellos sí nunca se movieron.

Ahora soplaba el viento nocturno y el gringo viejo temió el regreso de su sofocante enemigo. Los sonidos hambrientos de los marranos en el campo de batalla llenaron el silencio entre la explicación de Arroyo y las acciones silenciosas que la siguieron. El coronel comandante de las tropas federales se dirigió a Arroyo y le ofreció, con gran dignidad, su pequeña espadita brillante, que parecía de juguete. Arroyo la tomó sin ceremonias y con ella cortó una rebanada del lomo de uno de los lechones que estaban cocinándose en un fuego abierto.

—Usted sabe que es un crimen asesinar a oficiales o tropa capturada —dijo el coronel.

Tenía ojos verdes, dormilones, encapotados, y gruesos bigotes rubios a la káiser. Qué trabajo, pensó el gringo, mantener erguidas esas puntas de día y de noche.

—Usted es valiente, de modo que no se apure —contestó Arroyo y dejó caer la rebanada de puerco en la boca.

—¿Qué significan sus palabras? —preguntó el coronel dormilón pero altanero—. La valentía no tiene nada que ver. Estoy hablando de la ley.

—Cómo que no —dijo Arroyo con una mirada dura y triste—. Yo le estoy preguntando qué es más importante, la manera de vivir o la manera de morir.

El oficial federal dudó un instante:

—Dicho de esa manera, pues sí, es la manera como se muere.

El viejo no dijo nada, pero pensó en las palabras que quizás eran el código de honor de Arroyo y que el viejo podía, si así lo deseaba, entender como dirigidas a él: Arroyo le dio la espada al gringo y lo invitó a comer puerco como los puercos se comían a los cadáveres en el campo. Debió pensar muy duro el gringo viejo, porque atrajo las miradas del oficial federal y luego sus palabras.

—Ése es un hombre valiente —dijo el coronel con los ojos listos para la muerte. Arroyo gruñó y el coronel añadió:

—Yo también fui valiente, ¿lo admite usted? —Arroyo volvió a gruñir—. Sin embargo ese viejo valiente no va a morir y en cambio yo sí. Pudo ser al revés. Pero supongo que así es la guerra.

—No —dijo Arroyo al cabo—, así es la vida.

—Y la muerte —dijo con un tono de intimidad presuntuosa el coronel.

—Nomás no me las separe —contestó Arroyo.

El coronel sonrió y dijo que había algo especial en ser demasiado valiente, sea en la vida o en la muerte. Él, por ejemplo, iba a morir en un desierto frío y alto, lejos del mar de donde vino, él veracruzano con la proximidad en la piel de los barcos que llegan de Europa, ahora fusilado en una noche de fogatas y cerdos gruñentes. No iba a importar nada que se mostrara valiente al morir; en un segundo dejaría de estorbarles a todos.

—Pero ser demasiado valiente y seguir viviendo, ése sí que es un problema, mi general, ése es un problema para los dos ejércitos: el hombre indecentemente valiente. Nos expone a todos. Ridiculiza un poco a los dos bandos.

—Ve usted —dijo el coronel federal—, todos le tienen miedo a un cobarde y lo admiten; pero nadie admite que le tiene más miedo aún al valiente, porque el valiente nos hace aparecer como cobardes. No está mal tener tantito miedo en el combate. Entonces uno se parece a todos los demás. Pero un hombre sin nada de miedo desanima a todos. Yo le digo una cosa, mi general. Los dos bandos debían juntarse y, por así decirlo, eliminar al valiente. Honrarlo, sí, pero no llorarlo.

Tanta labia jarocha no pareció impresionar mayormente a Arroyo, agachado sobre un taco de puerco que sus dedos ágiles enrollaban.

—¿Tú eres ese hombre? —dijo Arroyo.

El coronel federal se rió suave aunque nerviosamente:

—No, qué va. Yo no. Para nada.

El viejo confió en que nadie lo miraba mientras él también mordía su taco, la primera comida del día desde el desayuno de huevos fritos y café humeante. Arroyo estaba recordando la hazaña del valiente general Fierro, el brazo derecho de Villa, cuando se deshizo de los prisioneros ofreciendo liberar a cualquiera que pudiera correr de la cárcel por el patio hasta el muro de la prisión y brincarlo, sin que Fierro lograra acribillarlo en el trayecto, pero sin el derecho de dispararle dos veces a nadie. Sólo se escaparon tres prisioneros. Fierro mató a unos 300 hombres esa noche.

Él, Arroyo, general de la División del Norte, no iba a competir con el gran general Fierro que era uno de los Dorados de Villa. Él era mucho más modesto. Pero tenía con él a un hombre valiente, un general de la guerra civil norteamericana, el hombre más valiente, toditos lo vieron hoy. Arroyo se levantó como un gato montés y ya no se dirigió al oficial capturado, sino al viejo, ¡ah!, el general indiano quería ser siempre el soldado más valiente de la guerra, pues ahora iba a ser el verdugo más valiente de todos. Si era valiente ante la muerte, también iba a ser valiente ante la vida, ¿verdad?, puesto que ambas eran igualitas, el viejo vino a México a entender esto, ¿verdad que ya lo entendía?, y si no lo había entendido ya, su viaje le había valido puritita madre, ¿verdad que sí?

El viejo haría esta noche lo que Fierro hizo otra noche. De acuerdo: los oficiales y la tropa rejega del borracho Huerta tendrían la oportunidad de correr del muro de adobe arruinado a la puerta crujiente de la porqueriza para luego salir corriendo al campo donde se encontraban los puercos y los muertos. El general indiano los dejaría correr hasta la puerta. Entonces dispararía. Si no los tocaba, los conejos federales quedarían libres. Si los tocaba, pues los mataba. ¡El bravo general indiano!

Más tarde (no en el después de la vida, porque ahora su vida se suspendió, intemporal, como una gota de agua en una solitaria hoja invernal cuando todo el problema consiste en saber qué caerá primero: la hoja o la gota) se diría que hizo lo único que pudo haber hecho. Se lo dijo a miss Harriet en el *ahora* de ella que acogió ese imposible *después* de él:

—Hice lo único que pude haber hecho porque no tuve la buena suerte de ser matado discreta, y natural, y quizás hasta noblemente, por una mano anónima en el campo de batalla. Pude haber sido un muerto más, devorado por los puercos. Ay, cómo gruñeron y cagaron en la noche fría.

(—¿Qué era lo único que pudiste hacer? —le preguntó su padre detenido en un corcel de viento.

—Negarle a otro la muerte que deseé para mí.)

Ahora él deseaba ser el coronel federal ligeramente afeminado pero extrañamente valeroso, con la mirada soñolienta y desdeñosa y el bigote pomadoso y tieso después de un día de batalla, que había caminado hasta el muro de adobes y ahora se detenía allí, mirando al gringo, esperando que diera la orden.

—Ves, padre, yo hubiera querido estar en las botas de ese hombre.

—¡Córrele! —ordenó Arroyo.

El coronel se separó a regañadientes del paredón, como si ese muro carcomido y medio derrumbado fuera desde siempre el puerto final de su imaginación: un hogar en tierra propia. Caminó normalmente primero, dándole la espalda a Arroyo y al viejo que tenía la Colt en la mano. El coronel dudó, se volteó a darle la cara a sus enemigos y caminó hacia atrás, mirando a su verdugo designado, a Arroyo, al coronelito Frutos García, a Inocencio Mansalvo, que eran ese extrañísimo rostro colectivo que lo sentenció sin juicio:

—¿No me van a matar por la espalda? —dijo. Estaba seguro de que el viejo no se deshonraría haciendo tal cosa, pensó el viejo, pensó Arroyo cuando cruzó la mirada con el general indiano. El jefe federal se veía un poco ridículo. Perdió pie y se cayó y se levantó y ahora sí corrió.

—¡Dispara! —ordenó Arroyo.

El viejo apuntó la pistola al coronel en fuga, luego a un cerdo. Seguía apuntándole al cerdo cuando jaló el gatillo y la bala atravesó limpiamente la carne esponjosa y agusanada del animal hambriento. Arroyo pegó un salto hacia adelante con su propia pistola en mano y acribilló la figura fugitiva del prisionero. Los otros hombres condenados cambiaron miradas.

El coronel había caído de bruces. Arroyo ignoró al gringo viejo, llegó hasta el caído y le dio el tiro de gracia. El federal tembló y ya no se movió más. Los oficiales y los soldados capturados, orgullosos o tercos o nomás cansados, quién iba a saberlo, se alinearon contra el muro de adobes y el viejo los vio allí, una colección de humanidad, unos orinándose en los pantalones, otros idiotas y ausentes, éstos encendiéndose un pitillo final, aquéllos tarareando una canción que les recordaba familia o mujer. Y uno que sonreía, ni tonto, ni cansado, ni valiente, sino incapaz de distinguir más entre la vida y la muerte.

Fue éste el que atrajo la mirada del general Arroyo.

—Muy largo que lo miró el general, ¿te acuerdas, Inocencio?

—Cómo no, Pedrito. Generoso que se comportó nuestro jefe. "No los maten —dijo—. Nomás córtenles las orejas a todos, pa que escarmienten y pa que sépamos si los volvemos a encontrar que la segunda vez no salen vivos de éstas."

—¡Qué hombre de corazón es nuestro general!

XII

En el camino de regreso, Arroyo se aisló como una tortuga. El sarape era su concha y en ella se hundió hasta las narices, con el sombrero metido hasta la dolida raíz de sus orejas. Sólo le brillaban los ojos. Pero ni quién quisiera mirar esos hondos pozos amarillos, dijo la Garduña cuando lo divisó entrar al pueblo. No eran ojos amistosos. La victoria se largó de ellos, comentó Inocencio Mansalvo.

No fue una marcha triunfal. El único destello de esperanza o felicidad o recompensa sensual, o lo que fuese, si algo de esto era lo que Arroyo realmente buscaba detrás de sus ideales de justicia y detrás de las tácticas expeditas que justificaban pero también degradaban a la justicia, estaba en el simple movimiento hacia adelante de su tropa, el anhelo colectivo de moverse con decisión de la hacienda arruinada a la próxima meta, acercarse al grueso del ejército de Villa, empujar hacia la capital, quizás chocar la mano con el hermano del sur, Zapata. Claro que Arroyo soñó todo esto, o lo supo porque sus hombres lo soñaron. Se lo quiso decir desde esta mañana al viejo, antes de que el general indiano entrara a darle un beso a la señorita Harriet. Pero también deseaba, oscuramente, ensoñado, prolongar la estancia en la hacienda donde nació y fue criado.

—¿Tú crees que ya nos vamos? —le preguntó Inocencio Mansalvo al escuincle Pedrito, como si realmente creyera que sólo de la boca de los niños y los borrachos se oye la verdad.

—No sé —dijo el niño—, aquí nació y aquí se crió; le ha de gustar.

—Pues a la tropa no; ya están inquietos… —comentó el coronel Frutos García.

El gringo sintió estas tensiones desde que regresaron a la hacienda. No quiso provocar ahora a Arroyo: su sentido de los espacios dramáticos (sonrió el viejo escritor) se sentiría violado por una muerte más, encima de la batalla y el coronel federal; se rió; ni que fuera Shakespeare, aunque fuera su muerte. Se quedó atrás, con la infantería, pero también allí sintió la nueva tensión. Espontáneamente la tropa fatigada pero maliciosa fue empujando al gringo hacia atrás, hasta las últimas filas, las de los chaqueteros federales que se pasaron con Villa pero que aún no probaban de qué estaban hechos. El gringo sí por primera vez, sintió miedo en la batalla; pero un miedo grave, no el temor vanidoso ante las penas o ante el espejo. Prefirió sonreír y lanzar un escupitajo largo, por encima de la cabeza de la yegua.

—Ah sí, cómo no me voy a acordar —les decía el general Frutos García a sus amigos después de la bola, cuando el coronel fue ascendido para recompensar en él al villismo derrotado y conciliar a las fuerzas de la revolución—. El gringo vino buscando la muerte, nada más. En cambio, lo que estaba encontrando era la gloria y los frutos amargos de la gloria, que se llaman la envidia.

El gringo escupió otra vez, largo y pardo y lejos. Se rió de sí mismo. Hacía años había escrito algo sobre la Guerra de Secesión: "Una receta simple para ser un buen soldado: Siempre intenta que te maten."

—Siempre intenta que te maten —fue lo último que dijo el general Frutos García cuando murió en su residencia de la ciudad de México en 1964 y la frase se hizo célebre en los anecdotarios de los veteranos de la revolución.

—El general indiano…

Pegó duro con el puño sobre el arzón y sintió el movimiento de su imaginación literaria venciéndolo de nuevo, nerviosamente subiendo en cosquillas desde sus estribos a lo largo de las piernas largas y flacas, hasta el nudo de las emociones en el centro solar del pecho. ¿Estaba aquí para morir o para escribir una novela sobre un general mexicano y un gringo viejo y una maestra de escuela de Washington perdida en los desiertos del norte de México?

No tuvo tiempo o poder para imaginarla durante este día, mientras ellos cumplían sus ritos masculinos de coraje y muerte, y ella se quedó en la hacienda con otra fuerza en su mente directamente opuesta a la del general. Harriet Winslow no pensó, mientras se deshacía la corbata bajo el duro sol de la mañana cuando la mayor parte de la tropa se había ido y ella estaba sola con la guarnición adormilada y las mujeres y los niños, en seguir adelante a la siguiente batalla, en el encuentro con Villa, en la marcha triunfal a la ciudad de México que estaba en el fondo del pensamiento y el deseo de todos. Harriet Winslow, en cambio, establecía un horario básico de instrucción primaria para los niños, obligaciones de salvamento para las mujeres y de reconstrucción para los hombres. Los niños aprenderían hoy mismo, no mañana, las técnicas elementales, las tres *erres* de la enseñanza anglosajona: leer, escribir y contar; las mujeres hurgarían en los vastos armarios y los fragantes bargueños arrastrados por la tropa a los patios antes del incendio y separarían lo que estaba quemado de lo que no lo estaba, y lo repartirían todo, poniendo las cosas sin quemar de vuelta en sus lugares y cortando y cosiendo la ropa dañada para su uso personal. Los hombres pintarían a la cal las paredes apenas repararan las construcciones, limpiaran las manchas, removieran las cenizas; y ella misma, miss Harriet Winslow, pondría el ejemplo, sería el símbolo alrededor del cual giraría el trabajo de la hacienda renovada.

En su prisa, la señora Miranda había olvidado un cofrecito en un hueco de la pared detrás de su cama, protegido por un enorme crucifijo que se quemó, salvando el cofre y revelando su escondite. El alhajero contenía varios hermosos collares de perlas. A Harriet le disgustó la idea de las alhajas escondidas detrás de la figura de un Cristo agonizante (que protegía además la pasión carnal de la rica pareja que dormía a sus pies): la cópula del dolor de Dios con los bienes de este mundo. De manera que puso el cofre a la vista de todos, no en el resplandeciente salón de baile donde le pareció que se recargarían el lujo con el lujo (lo cual, para su manera de pensar, si no era idólatra, sí era de mal gusto), sino en un simple pasaje arqueado que conducía al salón de baile. El cofrecito fue colocado por Harriet en este corredor y sobre una mesita de nogal, solitario aunque tentador. Miss Winslow admitió esto con un temblorcillo moral. La tentación era necesaria para enseñarle a esta gente que la propiedad privada debe ser respetada y que saber esto es tan importante como saber leer.

Pasó la mañana de trabajo; pasó la hora de un almuerzo demasiado largo y exótico para miss Harriet (cazuelas burbujeantes, salsas verdes, epazote, tortillas calientes y olorosas) y antes de que pidieran el derecho paralelo de ir a los campos, atender sus pobres cultivos y cuidar de sus casas, ella jugó su carta más fuerte, más sorprendente, más definitiva. Los reunió en el salón de baile y les dijo que aquí se reunirían periódicamente —una vez a la semana, si los asuntos así lo requerían— y elegirían a sus propios funcionarios, un secretario y un tesorero; formarían comités para la crianza del ganado, la educación y el mantenimiento del lugar; para los abastecimientos también. Era preciso empezar ahora mismo. Cuando los legítimos propietarios regresaran, confrontarían el hecho consumado de que ahora la hacienda tenía una organización que hablaba en nombre de la gente que vivía y trabajaba aquí, y defendía sus derechos. Eso después. Pero hoy mismo, el general Arroyo se encontraría al regresar con que la gente ya se estaba gobernando sola, de verdad, no con esas vagas ideas sobre cómo serían las cosas cuando se acabara la guerra y luego el milenio, no, ahora mismo, ven ustedes, él va a seguir peleando hasta morirse y no dejará de pelear aunque gane pero ustedes van a quedarse aquí. Él dice que los libero. Pues ahora ustedes demuéstrenle que tiene razón, incluso para desafiarlo a él que dice lo que dice.

Así habló ella y ellos la miraron con sus máscaras campesinas que no decían ni sí ni no ni te entendemos ni no te entendemos ni tenemos nuestra propia manera de ser ni somos capaces de aprender sin ti. No, no le dijeron nada así que ella dio por concluida la clase y dijo que volverían a verse mañana.

Se abotonó rápidamente la blusa abierta y la gente no se iba, se quedó hablando quedo entre sí, apenados pero sin muchas ganas de demostrarlo, dijo luego la Garduña que nomás miraba estos aconteceres con asombro, todos dudando si debían decirlo hoy porque mañana iba a ser imposible hacer todo lo que ella había dicho hoy.

—Pobrecita —dijo una mujer—, es muy buena gente pero no sabe qué día es mañana.

Se sintieron apenadas por ella y se rieron como pajarillos juguetones.

Ahora ella se sienta y recuerda.

Sucumbió a la siesta; se sintió degradada, inmoral, por caer en el sueño a las cuatro de la tarde su mente continuaba en el salón de baile, ella sola y buscando en vano los ojos que compartiesen el malestar de sus sueños, cuando se sentía lista para levantarse pero sentía que una mano la detenía, capturándola en la cama, humedeciendo la sábana que cubría su cuerpo desnudo y húmedo, almizcleño, oloroso a pétalos de magnolia muertos y a sótanos húmedos y arrastrándola de vuelta al sueño.

Harriet Winslow siempre despertaba con un sentimiento cierto de culpa por lo que había dicho o dejado de decir el día anterior; culpa por los errores y omisiones del día pasado.

Hoy, el combate y la sensación eran peores que nunca y la pregunta que la mantenía, en contra de su voluntad (de ello estaba convencida), encamada a las cuatro de la tarde, era una que ya se había formulado antes: "¿Cuándo fui más feliz?"

No se la hacía a menudo porque le recordaba siempre el beatífico *ritornello* de su madre: "La felicidad prevalecerá"; a pesar de ello se contestó a sí misma: "Yo fui más feliz cuando mi adorado padre nos dejó y yo me sentí responsable; sentí que ahora las cosas dependían de mí; era yo quien debía sacrificar, esforzarse, posponer, no sólo en nombre propio, sino en nombre de todos los que me quieren y son correspondidos." Ser feliz cumpliendo con el deber. Este eslabón entre su sueño y su actividad la acercaba a la imagen que ella quería preservar de su padre. La acercaba a todo lo que él había dicho, al azar, en la mesa: esa suerte de filosofía desencuadernada que cada uno escucha y aprende en el hogar, la vida es difícil, la vida es fácil, todo saldrá bien, el orden se impondrá, la caridad empieza por casa, trata a los demás como fuertes, ahorrativos, sabios: temerosos de Dios, metodistas sobrios, sin altares barrocos, temerosos de Dios: éste era el deber de ella cuando él se fue, más que el de su madre, a quien Harriet no podía soportar cuando se comportaba como una sombra abatida; pero volvía a quererla cuando reflejaba la luz de la inocencia, la felicidad un poco simple de la niñez de su hija, antes de que el padre se marchase y luego fuese declarado perdido en combate.

—¿Para qué sigues viviendo aquí conmigo, Harriet? ¿No te aburres?

En México, su deber era más que nunca su deber. Pero algo faltaba en el sueño. Había algo más, sin lo cual el simple deber no bastaba. Trató de invitar a otro sueño dentro de su sueño, una luz, un patio trasero regado de pétalos de cornejo caídos, un quejido desde lo hondo de un pozo.

El viejo, en el camino de regreso, no la imaginaba ahora. Arroyo tampoco. Ella despertó de repente. Antes de ver las caras o de oír las voces, se murmuró sueño adentro que si una no se dedica a organizar la vida desde que despierta, una tiene que enfrentarse a sus sueños. Tiene miedo la niña, tiene miedo: la cara brutal y pintarrajeada de la Garduña con sus dientecillos limados lloraba a su lado, la estremecía, le contaba una historia delirante, melodramática, que ella no entendió, sólo entendió una cosa:

—Ayúdenos, miss, la niña se nos muere.

Un paquetito azuloso, una piel teñida por el dolor, la niña moribunda, asfixiada mientras soplaba el viento álcali del desierto y Harriet de rodillas en el vagón del ferrocarril, como en un sueño, se imaginaba a sí misma de niña, como hija de un militar en campaña, enferma así en un carro de ferrocarril que servía de casa y cocina y ahora de hospital: se ahogaba la niña que era ella y le decían todos, la Garduña plañidera, la mujer del rostro de luna, sálvela miss, ya nosotras no sabemos qué hacer, le vino esto de repente a la hijita de la Garduña, dos años apenas, no se nos vaya a morir, se nos ahoga, la agarró un aire, mírele el color, y Harriet se sintió desarmada, sin medicinas, ni jeringas, ni nada más que un paquetito de aspirina en su veliz, pasta de dientes, cepillos para el pelo, para la ropa, para los dientes: los dientes como cuchillos de la Garduña, la boca limpia de Harriet: no tenía medicinas y decidió que sólo con su cuerpo podía salvar a la niña, que corrieran por la aspirina, pero si de eso ya le dimos, y friegas y limpias con ramas de ruda y párroco aquí no hay, se fue corriendo y mi cuerpo dijo Harriet: cuándo bañaré mi cuerpo, cuándo lo podré lavar, vengo cargando mugre y muerte, muerte y sueño, soñando con mi padre perdido en el combate de Cuba, y su tumba vacía en Arlington, cargando sueño y mugre y muerte y miedo desde que descendí en Veracruz, Cuba y Veracruz, siempre los patios traseros de mi país, ocupados por mi país porque nuestro destino es ser fuertes, con los débiles, el puerto de Veracruz ocupado por la infantería de marina de los Estados Unidos después de un supuesto insulto a la bandera de las barras y las estrellas:

—¿Tuvo usted dificultades al desembarcar, señorita Winslow?

—¿Fueron muy fisgonas las autoridades de ocupación, señorita Winslow?

—¿Le preguntaron sin muchas cortesías a dónde iba usted y cuál era el motivo de su viaje, señorita Winslow?

—¿Les mostró usted con orgullo su acta notarial comprobando que era capaz de valerse por sí misma y ganarse la vida, señorita Winslow?

—¿Les dijo que no iban a tener que preocuparse por repatriar a una chica americana extraviada y hambrienta: ella vino a enseñarles la lengua inglesa a los niños de una familia acomodada, señorita Winslow?

—¿Les dijo que usted no era una nana, sino realmente una maestra, lo que siempre había sido, una instructora, no una institutriz, señorita Winslow?

—¿Miró los muros acribillados de la vieja prisión de San Juan de Ulúa, pensando que usted misma podría acabar allí, señorita Winslow?

—¿Se dio cuenta de que los muros de la ciudad también están acribillados por el cañoneo reciente de buques de guerra gringos, señorita Winslow?

—¿Se enteró de que las velas blancas con moños blancos y flores blancas en las calles designaban los lugares donde cayeron los cadetes de la escuela naval de Veracruz, señorita Winslow?

—¿La acompañaron a la estación del tren dos infantes de marina en un guayín por las calles de perros sueltos y zopilotes cercanos, señorita Winslow?

—¿Les disparó un francotirador mexicano desde una azotea y uno de los marines cayó muerto a su lado, señorita Winslow, manchándole su blusa color de rosa con sangre de los trigales de Ohio, de donde alcanzó a decirle que venía el joven infante cuya cabeza cayó muerta sobre su hombro, señorita Winslow?

—¿Subió usted temblando al tren que la llevaría a México, señorita Winslow, rodeada de curas y hombres jóvenes y comerciantes en fuga primero, capturados después, arrebatados por estas historias confusas de una revolución ajena, señorita Winslow?

—¿Vio usted cómo tomaron a los jóvenes que querían ir a Veracruz y en cambio los mandaron en el tren de Chihuahua, señorita Winslow?

—¿Le dijeron que ellos querían ir a combatir a los yanquis en Veracruz pero en cambio Huerta los mandó en la leva a combatir a Villa en el norte, señorita Winslow?

—¿Entendió usted algo de lo que pasaba en el patio trasero, señorita Winslow?

Un tapete de flores de cornejo. Un gemido hondo y negro. Y ahora sólo le quedaba su cabeza para pensar en todo esto porque le quedaba su boca para pegarla a la de la niña enferma y succionarla, besarla, sacarle y darle el aire, recibir y escupir la flema atorada de la niña, decirse no importa, yo estoy vacunada, la niña no, escupir la gruesa flema negra y azul como el cuerpecito de la niña, pensar en su llegada a México para no pensar en lo que estaba haciendo y la niña lloró fuerte y alto, como si hubiera vuelto a nacer. La Garduña le besó las manos a miss Harriet:

—¡Dios la bendiga, señorita!

—¡Es un milagro! —dijo la mujer con cara de luna.

—No, no —negó Harriet—, sólo fue algo necesario; no fue un milagro, pero seguramente estaba predestinado. Quizá sólo para esto vine a México. Ahora denle agua con sal y agua con azúcar. La niña va a vivir.

La niña va a vivir porque la tomé de los pies y le azoté las nalgas. La niña va a vivir porque gracias a mis golpes la flema le salió de la garganta. La niña dijo llorando que ya no le pegara, que ya no. Yo sentí un gusto enorme en azotarla. La salvé con cólera. Yo no tuve hijos. Pero a esta niña yo la salvé. Me cuesta descubrir el amor en lo que no me es familiar. Lo concibo y lo protejo como un gran misterio.

Esto le dijo Harriet Winslow una noche al general Tomás Arroyo.

—Yo no tendré hijos.

XIII

Las mujeres se cubrieron las caras cuando las columnas cansadas entraron arrastrándose al campamento al amanecer.

Recordó Pedrito que las mujeres reían en silencio viéndolos regresar y sólo las muchachas más jóvenes mostraban sus caras redondas, coloradas como manzanas en el frío amanecer del desierto.

—Están enamoradas —le dijo el coronel Frutos García a él que no entendía bien qué cosa era eso del amor; contaban a sus hombres para ver cuántos habían regresado, quiénes se habían perdido.

—Mi pobre padre perdido en Cuba.

—Mi pobre hijo muerto en Veracruz.

Pero había hombres nuevos, inseguros del terreno que pisaban. Eran los prisioneros que ahora se habían pasado a las fuerzas de Villa, contentos de llegar a una población y de hacerse de nuevos amigos. La Garduña, viva de nuevo, arreglándose su manojo de rosas secas en el pecho, estaba allí para darles la bienvenida, decir que la vida está viva y que igual que ella, ellos que nunca habían salido de sus pueblos ahora iban de un lugar a otro, concebían un hijo en Durango y lo parían en Juárez y lo perdían en Chihuahua: desde siempre aislados en los pueblos perdidos, en las rancherías del desierto, en los caseríos de las montañas, y ahora todos se conocían y hasta viajaban en tren: "¡Viva la revolución y mi general Tomás Arroyo!"

El gringo viejo vio todas esas caras que los recibían y sintió una punzada de reconocimiento más hondo que en el salón de baile. Una canción era cantada alrededor de las fogatas, *vino el remolino y nos alevantó.*

—No sé si el gringo y la señorita Harriet se dieron cuenta de que la revolución era ese remolino que arrancó a los hombres y a las mujeres de sus raíces y los mandó volando lejos de su polvo quieto y de sus viejos cementerios y sus pueblecitos recoletos —dijo el coronel Frutos García mirando hacia las aguas veloces y turbias del Río Bravo del Norte.

—Sí, seguro que sí —le contestó Inocencio—. Tenían que recordar que los americanos siempre se movieron pal oeste y los mexicanos nunca nos habíamos movido hasta ahora.

Lo pescaron robando el oro de un tren descarrilado en Charco Blanco y lo colgaron allí mismo con todo y su viborilla llena de las monedas que se avanzó.

—No lo hurguen —dijo el coronel Frutos García que lo ajustició—. Fue un hombre valiente. Tiene derecho a llevarse su dinero.

—Lo siento, Inocencio, ya no te vas a mover nunca más.

En su propia vida, le iba a decir a miss Winslow el gringo viejo, vio a una nación entera moverse de Nueva York a Ohio a los campos de batalla de Georgia y las Carolinas y luego a California, donde terminó el continente y a veces hasta el destino. Los mexicanos nunca se habían movido, salvo como reos o esclavos. Ahora se movían para pelear y amar. La Garduña levantó los dos brazos para hacerse notar de un federal de bigotes tupidos que le cayó en gracia.

El gringo viejo encontró a miss Harriet acomodando con pasadores sus altas trenzas castañas frente al espejo en el vagón y se detuvo ante la imagen, fascinado por la cercanía de la carne fragante, afeitada, suave, y la risa cantarina de la mujer:

—No me mires así. Es que entre todas las mujeres me dieron un baño con vasijas de barro. No había logrado bañarme desde que llegué aquí. Y ya sabes que después de la santidad, no hay virtud como…

—Claro —murmuró el viejo. Las dos miradas se encontraron en el espejo y el viejo continuó—: Pensé mucho en ti anoche. Estuviste muy vívida en mis pensamientos. Creo que hasta soñé contigo. Me sentí tan cerca de ti como un…

—¿Como un padre? —esta vez lo interrumpió ella, compensándose—. ¿Así de cerca? —dijo sin ninguna clase de emoción.

Pero en seguida bajó la mirada.

—Me da gusto que hayas vuelto.

Se escucharon varias explosiones seguidas, quién sabe cuántas porque las explosiones desvirtúan las cuentas del tiempo y pulverizan los segundos y miss Harriet se prendió a su peine como un náufrago a su barca. Nada le parecía más ridículo que dejar caer las cosas: un peine. Dejó caer su peinado sobre los hombros y tomó la mano del gringo:

—Dios mío, ¡han regresado!

—¿Quiénes?

—Los del otro bando. Es lo que temí. Han regresado y no distinguirán quién es quién.

—Y tú, miss Harriet, serás tomada por una soldadera gringa que vino a México buscando emociones fáciles.

La idea ridícula disipó el miedo de Harriet Winslow; tomó la mano del viejo y la apretó. Pensó en una muerte intermitente. Él miró profundamente los ojos grises de la mujer.

—Te juro que acepté esta posición antes de que nada ocurriera, antes de que mi novio el señor Delaney fuese condenado por fraude federal o su historia saliese siquiera a la luz pública, te lo juro…

—No quiero saber nada de esto —dijo el viejo y apretó los labios contra la mejilla de Harriet.

—Es que tú me hablaste de Leland Stanford. Tú sabes que esas cosas ocurren todo el tiempo. Pero yo te juro que mi decisión estaba tomada desde antes. Yo decidí venir aquí, libremente, tú tienes que saberlo…

Miró más allá del viejo que la abrazaba y vio a Arroyo, de pie a la entrada del compartimiento, parcialmente oculto por las pesadas cortinas de seda azul que colgaban por todas partes en este carruaje real. Luego oyó un crujido quieto detrás de Arroyo y una mano femenina larga y suave lo tomó del brazo. Miss Harriet cerró la boca y vio fugazmente a la mujer con la cara de luna envuelta en un rebozo azul.

Continuaron las explosiones, creciendo en estrépito y frecuencia, ella se zafó del brazo tierno del viejo y acabó de abotonarse la blusa: ¿qué sucede?, pero el miedo debe ser secreto.

—Quizás volvieron los federales —dijo el viejo, sin temor de hacer público el temor—. Entonces que el diablo se compadezca de nosotros.

—No —dijo la pequeña mujer con rostro de luna y manos largas y suaves, entrando desde el compartimiento del general—. Sólo son cohetes.

Era el día de la santa patrona de este pueblo, dijo la mujer, un gran día de fiesta para toda la comarca, ya verían, y los guió del carro estacionado al lleno de pólvora disparada por los mismos hombres que el día anterior disparaban Winschester contrabandeados desde Texas. El aire era el ácido hogar de la pólvora y el incienso unidos y un grupo de niños enmascarados rodearon a miss Harriet y saltaron imitando a los viejitos. El gringo viejo se detuvo y miró hacia el vagón del ferrocarril.

Arroyo estaba de pie en la plataforma, su torso desnudo, un largo cigarro negro entre los dientes, rodeado de humo, mirando al viejo, mirando a Harriet Winslow, mirándolos a ellos. Los danzantes indios del norte bailaban monótonamente enfrente de la capilla, sus tobillos enlazados con cascabeles, y el viejo siguió a Harriet hasta el casco arruinado de la hacienda, a lo largo de los portales devastados donde las mujeres de la aldea, con una mezcla de pena y de gracia, se estaban probando los vestidos viejos que ella les autorizó a remendar: la mejor oportunidad era siempre la fiesta, y asimismo Harriet quería mostrarle al gringo lo que había hecho, vencer al sueño, vencer al pasado, organizar el futuro: salvar una vida, pero esto no lo quería decir ella, que se enterara él solo.

Las perlas ya no estaban allí y ella sintió vergüenza y rabia, hundiendo el puño en el cofrecito vacío. Todo lo demás, lo soñado, lo preparado, lo ganado, se desvaneció amargamente (ahora ella se sienta sola y recuerda).

—La rapiña —dijo—, eso es lo único que quieren.

—No tengas miedo —dijo súbitamente el viejo.

—No tiene nada que temer —dijo Arroyo, que se estaba fajando las pesadas pistoleras a los lados del vientre desnudo y plano. Su única vestimenta eran las botas altas y los pantalones de gamuza.

—Perdóname, no me dio tiempo de vestirme. Me dio miedo que fueras a hacer algo atrabancado, señorita.

—Usted tiene su botín —contestó ella, orgullosa (recuerda), altanera (ahora se siente sola) y contenta de que él la hubiera oído—. Es lo único que quieren, ¿verdad? Lo demás es aire caliente.

Arroyo miró el cofre vacío. Miró al viejo. Tomó con fuerza la muñeca de Harriet; Harriet también miró al viejo, pidiendo auxilio, pero él supo que su tiempo con esta muchacha había llegado y se había ido, aunque ella todavía tuviera tiempo de anidarse en brazos de él y quererlo como mujer o como hija, no importaba, ya era demasiado tarde: vio la cara de Arroyo, el cuerpo de Arroyo, la mano de Arroyo y se dio por vencido. Su hijo y su hija.

—Jinete: ¿tomarías a una mujer lastimada o por lástima?

Arroyo le tomó la muñeca y ella quiso luchar contra él si el viejo no obedecía las primeras palabras de Arroyo y la protegía; pero el fantoche de su propio ridículo se interpuso entre ella y su resistencia. Arroyo sólo le hizo sentir que ella también era fuerte, que él la estaba llevando en contra de su voluntad, no pataleando y protestando, sino fuerte como él, fuerte en cualquier situación que él quisiera crear ahora: los condujo a Harriet y al gringo viejo fuera de la casa al día ardiente, nublado, seco y pardo, entre los hombres y mujeres arrodillados en el polvo frente a la capilla, agolpados frente a la capilla llena ya de gente: ella se sienta sola y recuerda que más que un regreso de los federales temió ahora estar de veras en una tierra fatalmente extraña, donde la única voluntad cierta era una terca determinación de no ser nunca sino el mismo viejo, miserable y caótico país; ella lo olió, ella lo sintió. Esto era México.

El viejo olió el miedo de Harriet e imaginó lo que su propio padre, el calvinista tormentoso, hubiera dicho al entrar a esta capilla:

—¡Oh el desperdicio, el horror de la prodigalidad, el gasto idólatra de los frutos del Señor en esta masa barroca de hoja dorada en cada rincón del altar, los muros esculpidos, los relieves dorados de higos y manzanas y querubes y trompetas, la diarrea del oro mexicano y español en medio de un desierto de polvo y puercos y espinas y pies descalzos y ropas rasgadas y sacrificios quemados!

El Cristo muerto estaba en su jaula de vidrio. El Rey de Reyes desnudo, cubierto apenas por su capa de terciopelo rojo. Continuaba sangrando después de muerto. El sacrificio no había roto la servidumbre de su vida, de su encarnación, de su horrible solicitud de salud en medio de la cadena preordenada de su maldito cuerpo terreno que sólo debió estar pensando en su Padre: su padre en el aire, jinete del aire, trepado para siempre en un púlpito calvinista, su caballo de madera, su Clavileño de condenas y predestinaciones: la gringa salvó a la niña enferma de la Garduña: un milagro: una necesidad: el gringo viejo vio una complicidad fría y no declarada en los ojos de miss Harriet cuando los dos se reunieron en las religiones sin altar del norte, donde Jesús el redentor vivía liberado para siempre de la carne, de la escultura, de la pintura, un espíritu impalpable volando en aras de la música: un Dios de verdad que nunca podría sangrar, comer, fornicar, o evacuar, no como el Cristo mexicano.

Arroyo la atrajo a sí y señaló hacia el altar centelleante, autodevorador, excrementicio, donde la Virgen tampoco sangraba o fornicaba, la pura madre de Dios de pie en toda su gloria de esmalte drapeada en vendajes de oro y azul y coronada de perlas, ahora ella se sienta sola y recuerda esas perlas que ella misma salvó ayer apenas de la alcoba sombría de la castellana ausente y ofreció como una tentación y un monumento al ahorro y a la honradez en un cofre abierto.

—¿Quién pagó toda esta... esta... esta extravagancia? —fue todo lo que pudo decir para esconder la vergüenza que sentía, su acusación de robo; se condujo como la sobrina nieta del viejo Halston:

—Ahorraron el año entero, señorita, hasta pasaron hambres para no pasarse de su fiesta.

Él fue criado aquí, el hijo del silencio y de la desgracia.

Una fiesta sin fin, una cosa proliferante que se alimentaba de sus propios excesos de color y fiebre y sacrificio. El gringo viejo no quiso leer presagios o significar fatalidades en la vida que lo rodeaba, apretujándolo y empujándolo lentamente adentro de la capilla, sintiendo el culebreo duro e inderrotable de la fe encarnada y del sacrificio y del desperdicio hacia el altar, separándole de ellos, el viejo separado de Arroyo y Harriet, el hombre y la mujer ahora juntos, ahora abrazados por un destino ciego que el gringo viejo podía entender en el rostro de Harriet pero no en el suyo. El rostro de Arroyo. El rostro del gringo viejo, diciéndole a Arroyo: "Tómala. Toma a mi hija." En medio de los penitentes arrodillados, los inciensos espesos y los pechos de escapularios, rodó el peso de plata perforado y el niño Pedrito, en cuatro patas, se escabulló como un animalito, temeroso de perder su única riqueza.

XIV

El peso se fue rodando hasta el confín de la plazoleta. Pedrito oyó una pianola lejana, que el niño supo ubicar en la confusión de la fiesta. Tarareó esa música. ¿Quién no la conocía?

—*Sobre las olas* —le dijo al oído Tomás Arroyo a Harriet Winslow.

—*The Most Beautiful Night* —le dijo Harriet Winslow al oído a Tomás Arroyo, la pianola tocando desde un rincón exhausto e invisible de la hacienda, él y ella en el salón de baile salvado por el general al fuego y regalado, dijo ella, a la noche, a la luz de la noche.

Bailaron lentamente, reproducidos en los espejos como una esfera de navajas que corta por donde se la tome:

—Mira. Soy yo.

—Mira. Eres tú.

—Mira. Somos

ellos abrazados en el ocaso de la fiesta: ella bailando con él muy lentamente el vals pero bailando también con su padre, *bailo con mi padre que regresó condecorado de Cuba*, ascendido en Cuba, salvado por Cuba, salvador de Cuba:

—Fuimos a salvar a Cuba.

—Venimos a salvar a México.

Harriet bailando esta noche con su padre erguido, condecorado, valiente, en un sarao de bienvenida a los héroes de Cuba, escarapelas tricolores en cada pecho de mujer. WELCOME BACK HEROES OF SAN JUAN HILL, su padre uniformado, con bigotes tiesos y pelo perfumado, orgulloso de su hija esbelta en revuelo de tafetas, el capitán Winslow sin embargo oloroso a algo distinto y ella clavando la nariz en la nuca del padre, oliendo a la ciudad de Washington en la nuca de su padre, esa falsa Acrópolis de mármol y cúpulas y columnas plantadas en el barro húmedo de un trópico pernicioso porque no dice su nombre: un sofoco septentrional, la jungla de mármol como un cementerio grandioso y deshabitado, los templos de la justicia y el gobierno hundiéndose en una maleza ecuatorial, devoradora, creciente: un cáncer vegetal enredado en los cimientos de Washington, una ciudad mojada como la entrepierna de una negra en celo. Harriet hundió la nariz en la nuca de Tomás Arroyo y olió a sexo erizado y velludo de una negra: capitán Winslow, estoy muy sola y usted puede tomarme cuando guste.

Tomás Arroyo apretó el talle de la mujer extranjera mientras bailaban y se acercó más a su vientre boscoso, imaginó el vientre de Harriet como un bosque muy lindo que él vería siempre de lejos, y detrás de una puerta de espejos salió Tomás Arroyo un niño a bailar con su madre, su madre la esposa legítima de su padre, su madre la señora limpia y derecha, sin un peso de nubes sobre los hombros, sin una corona de cierzos en la cabeza, sin los ojos cenicientos de cargar tanto sol, sino limpia, sólo eso, una señora limpia, vestida limpia, peinada limpia, calzada limpia, que bailaba con su hijo el vals *Sobre las olas* que tantas veces oyeron desde lejos, en el caserío donde podían vedarse las miradas pero no los rumores de la música.

Tan intensa la música que le daba voz a la tierra casi siempre silenciosa y les permitía mira somos
nosotros dedicarse al amor sin miedo de ser escucha-
dos. Tomás Arroyo metió la lengua en la oreja de Harriet Winslow.

Ella sintió entonces el temor de conocer la belleza y el peligro al mismo tiempo.

El temor se convirtió en un placer sólo por haberlo pensado. El verdadero temor fue que después no
volviera a pasar nada. Tomás Arroyo le metió la lengua
en la oreja y Harriet Winslow sintió una ausencia terrible, no la de su padre, sino la del gringo viejo. "Voy
a conquistar al general Tomás Arroyo antes de regre-
sarme a mi casa y seguir mi vida de costumbre."

Pero el viejo le habría dicho que en México no
había nada que someter y nada que salvar.

—Esto es lo que nos cuesta entender a nosotros
porque nuestros antepasados conquistaron la nada
mientras que aquí había una raza civilizada. Eso me lo
contó mi padre después de la guerra en 1848. México
no es un país perverso. Es sólo un país diferente.

Una lengua diferente, en su oreja: oída, sentida,
húmeda, reptante, que Harriet aceptó pero de la cual,
al mismo tiempo, huyó invocando su personal predis-
posición al cambio de estaciones: bailaba en brazos de
Arroyo pero ella era capaz ahora mismo de darle un
sentido a las temporadas que aquí no existían; bailó
en los veranos de su infancia cerca de los rumores fres-
cos de Rock Creek Park; descendió velozmente en un
trineo por las pendientes nevadas de Meridian Hill
Park; corrió tomada de la mano de su padre por la calle Catorce, comprando las manzanas y las nueces del
otoño en las olorosas abarroterías griegas; fue al ce-

menterio de Arlington un día de la primavera llena de polen fugitivo y cerezos asombrados y vio una tumba vacía.

Se apretó más a Tomás Arroyo, como si temiera perder algo, pero apartó la cara para mirar su propia salvaje sorpresa en los ojos del mexicano: —He estado aquí antes, pero sólo al irme me daré cuenta.

Le preguntó a la oreja si le gustaba soñar.

Contestó que sí: dejaba de tener edad.

Algo mejor: cuando despertaba no sabía dónde estaba.

Arroyo sólo recordaba una estación del año: era siempre la misma, el tiempo aquí no tenía esos signos en el camino y por eso era tan violenta la necesidad de marcar el tiempo con heridas inolvidables, de esas que siguen doliendo cuando se cierran: era toda su vida.

—Perdóname gringuita. No sé muchas cosas del mundo. A veces soy muy corajudo. Entiendo y siento algunas cosas muy hondo, gringuita, muy hondo, porque si no las siento, no tengo manera de entender nada.

Bailaron el vals como si bailaran una historia; ella le dijo cosas al oído en inglés, como si él pudiera entenderlas sólo porque ella las dijo como si todo hubiera pasado ya: *nunca más veré a Delaney; cuando hablo de regresar no hablo de repetir; voy a regresar con tu tiempo, Arroyo; con el tiempo del viejo; los voy a guardar, Arroyo; tú no lo sabes pero yo voy a ser dueña de todo el tiempo que gane aquí; voy a hacerme más bella y más feliz a medida que entienda esto mejor y me pasee con los tiempos de todos ustedes, guardándolos, por las cañadas de Rock Creek en el verano y por las veredas nevadas de Meridian Hill en el invierno y deteniéndome en la calle*

Dieciséis en los otoños y las primaveras frente a una casa abandonada donde el sol poniente juega con los reflejos mutantes del sol sobre los vidrios de las ventanas: me perdonarás entonces porque mantengo tu tiempo, Arroyo, o lo degradarás todo pidiendo que me entregue a ti a cambio de la vida de un hombre...

No lo preguntó, pero tampoco lo afirmó. Ésta no sería más sólo una historia de hombre. La presencia (mi presencia, dijo Harriet) deformará la historia. *Sólo espero que también le dé un secreto y un peligro que los hechos, en sí mismos, nunca garantizaron.*

—La soledad es una ausencia de tiempo.

Arroyo la apretó contra su pecho y hubiera querido decir todo lo que pensaba, para que ella no se fuera de aquí con ninguna queja, sino que se sintiera dueña de todo lo que aquí ganó. Le iba a pedir que guardara su tiempo, el de Tomás Arroyo, cuando él ya no pudiera hacerlo. Y el tiempo del viejo. También, asintió Arroyo. Lo aceptaría. Harían un trueque de tiempos, sonrió el mexicano: el que sobreviva guardará el tiempo de los otros dos, eso era aceptable, ¿verdad?, dijo casi con timidez, con una como ternura, el general, ¿verdad que sí?, pasara lo que pasara...

Quería que los dos gringos dijeran cuando se fueran de México:

—He estado aquí. Esta tierra ya nunca me dejará. Eso es lo que les pido a los dos. Palabra de honor: es lo único que quiero. No nos olviden. Pero sobre todo, sean nuestros sin dejar de ser ustedes, con una chingada.

Entonces dijo lo que ella temía.

—De ti depende que el gringo regrese vivo a su tierra.

Ya no oyó lo que añadió Arroyo (*Es un rejego.*
Es valiente. Es una mala cosa para mi tropa ser así) sino
lo que no añadió (*No pasaré esta noche sin ti. Te deseo*
como no te imaginas, gringuita. Bueno, te deseo como
deseo que mi madre resucite. Así. Perdóname pero haré
lo que sea para tenerte esta noche, gringuita preciosa)
porque Arroyo no sabía que Harriet estaba bailando
con un oficial condecorado, digno, recién bañado y
en cambio Arroyo había abandonado a su madre decente y respetada: Harriet vio a Arroyo saliendo entre
las piernas de todas las mujeres cargadas de pesares y
sombras: asombradas, apesadumbradas.

Al separarse de Arroyo se vio en un salón de
baile lleno de espejos. Se vio entrando a los espejos sin
mirarse a sí misma porque en realidad entraba a un
sueño y en ese sueño su padre no había muerto.

Miró a Arroyo y lo besó con una salvaje sorpresa. El niño dejó caer el peso de plata pero la moneda no sonó contra la piedra porque una mano
pecosa y huesuda, cubierta de vello blanco, la pescó
en el aire.

XV

Se sintió humillado por la presencia paciente de la mujer con cara de luna envuelta en el rebozo azul. En sus ojos húmedos había un dominio de sí misma, hondo y sabio. Una mujer de soldado: las había conocido en su vida o había leído sobre ellas en todas las épicas del pasado. Pero ahora ella lo tocó con la mano larga y suave, pidiéndole sin palabras que fingiera que nada estaba pasando, que ella y él estaban aquí, en la brillante jaula de vidrio del salón de baile, enjaulados como el Cristo en su féretro transparente o como los terratenientes ausentistas que cada año ofrecían aquí un solo baile para las damas y caballeros de Chihuahua y El Paso y hasta la ciudad de México.

Fingían: él se sintió degradado, pero ella no.

—A veces él se siente solo y siempre es un hombre —dijo la mujer con cara de luna.

—¿Usted no le satisface? —dijo bruscamente el gringo viejo.

Ella no se defendió.

—Es que los hombres y las mujeres somos diferentes.

—Eso no es cierto y usted lo sabe. Yo no soy feminista. Una de las razones por las que estoy aquí, señora, es porque temo a un mundo lleno de sufragistas enloquecidas; un matriarcado insoportable. Lo que pasa es que todos nos desquitamos. Nada más que ustedes lo hacen más secretamente que nosotros. Eso es todo.

La mujer con cara de luna le dio la razón. La verdad es que ella estaba satisfecha y él no, no porque no la quisiera, sino porque le pedía que demostrara su amor aceptando que él lo necesitaba más que ella.

—Tú no eres campesina.

Tomó las manos de la mujer y las miró.

—No. Yo sé leer y escribir.

—¿Dónde te encontró?

—No, yo lo encontré a él. Entró a mi pueblo como un joven corcel, negro y sedoso. Luego el pueblo fue tomado por los federales. Yo lo salvé de una muerte horrible, créeme, general indiano.

—La gratitud.

—Yo soy la agradecida, pues. Nunca me imaginé que alguien me pudiera amar así. No es lo acostumbrado en mi pueblo. Era un pueblito triste donde hasta las parejas casadas se acostaban a oscuras. Y con miedo o con asco, ya no sé.

Dijo que en cambio Arroyo era un hombre desnudo, hasta cuando andaba vestido. Era un hombre callado, hasta cuando hablaba.

—Tuve que salvarlo para salvarme. Estamos unidos y yo lo comprendo.

—Qué bueno.

Guardaron silencio largo tiempo; el gringo viejo trató de imaginar lo que Arroyo le estaría diciendo a Harriet mientras esta mujer le hablaba a él, sin imaginarse que también Arroyo podría estar pensando en lo que la mujer le contaba al gringo viejo mientras Arroyo le contaba a Harriet cómo la mujer con la cara de luna lo había salvado cuando estaba escondido de los federales en los primeros días de la campaña contra Huerta aquí en el norte.

Estaban por todos lados y Arroyo supo que lo matarían si lo encontraban. Se quedó solo en el pueblo y encontró refugio en un sótano. Desde allí los oyó taconear sobre su cabeza y matar a sus camaradas capturados. Lo oyó todo, porque ese sótano era como un caracol de mar. Luego lo clavetearon todo con tablas.

Arroyo no comprendía. Creyó que habían condenado este pueblo a muerte por darle cuartel a los revolucionarios. Lo encerraron sin saberlo en este sótano. Él siempre fue bueno para olérselas. Olió a los perros dormidos allí en un rincón. El martilleo los despertó. Eran grandes y feos, grises con hocicos de acero. Nunca vio nada que se despertara tan despacio como si hubieran sido olvidados en ese sótano desde el principio del tiempo. Pensó que se los habían dejado nomás a él, que eran sus nahuales, sus espíritus animales. La verdad es que eran dos mastines feos, feroces y grises que el dueño de la casa abandonó allí porque los federales se lo robaron todo y a este hombre le gustaban sus perros más que su plata, de haberla tenido, o su mujer, que sí la tenía.

—No me mires así, gringa.

—Así lo siento.

—Estás aquí libremente.

—Sí, pero sólo por lo que tú dijiste. Lo sabes muy bien.

—Ah, te gusta el viejo.

—Sí. Tiene un dolor. Por lo menos eso entiendo.

—¿Y yo entonces?

—Tú infliges el dolor. Yo trataré de ayudarlo como pueda. Entiende que por eso estoy aquí.

—¿Vas a salvarlo como ella me salvó a mí?

—No sé cómo te salvó ella.

Arroyo y los perros se acecharon. Los perros sabían que él estaba allí. Él sabía que los perros estaban allí. Los perros siempre atacan o ladran. Lo extraordinario de esta situación era que nada más acechaban a Arroyo, como si le temieran tanto como él a ellos. Quizás ellos no sabían que él no era otro animal o quizá su dueño les metió miedo de todo lo que oliera a soldado. Quién sabe. Los perros tienen más de cinco sentidos. Arroyo dijo que ni siquiera contaría esta historia, si no fuera tan rara.

Fue un día muy largo. Arroyo no se movió y les hizo sentir que él también era fuerte pero que por ahora no les haría daño. Luego vino la noche y él supo que los perros aguardaron porque podían sentirlo mejor de lo que él podía verlos. Gruñeron. Sintieron que Arroyo se estaba preparando contra ellos. Ladraron muy feo, y al rato saltaron. Arroyo disparó contra ellos, los atravesó en el aire, como dos pesadas águilas. Les vació la pistola. Cayeron gruñendo horriblemente. Los miró. Temió que los disparos se hubieran escuchado y entonces otros iban a matarlo a él como él mató a los mastines. Les dio una patada y los volteó con la punta de la bota. Dos perros feos, monstruosos.

—Te cuento todo esto con la esperanza de que al fin me entiendas.

—Tú sabes por qué estoy aquí.

Pasaron los días y Arroyo podía oír las órdenes militares encima de su cabeza, sobre todo las órdenes a los pelotones de fusilamiento. Mientras él se iba muriendo de hambre con una pistola vaciada en una mano y dos perros muertos a sus pies. Le dieron ganas de que le sobrara una bala. Era mejor que comerse a sus enemigos muertos.

—Creeré cualquier cosa que me digas ahora.

—No eres mi prisionera.

—Eso ya lo sé.

—Créeme todo lo que te digo. Puedes irte cuando tú quieras.

Esa noche oyó que alguien tocaba con los nudillos sobre los tablones claveteados. Una voz de mujer le dijo que no comiera ansias. Ella lo dejaría salir apenas pasara el peligro. Que no comiera ansias. Lo que ella no sabía es que Arroyo se hubiera comido a los perros. Pero escuchó su voz y se dijo que debía creer en ella, no debía ofenderla dudando de ella y además ella era su única esperanza. No debía comer esa carroña para no tener que decirle luego: creí en ti sabiendo que no era cierto y beso tus labios con los mismos labios que comieron carne de perro.

—Compréndeme y perdona mi amorcito pasajero por ti, gringa.

—Ya lo sé. Yo también sé salvar a un hombre. Pero quizás las consecuencias sean distintas. Sabes muy bien lo que debes contarme, general Arroyo.

Le dijo que había dos posibilidades de muerte la noche anterior después de la batalla. Una era la del gringo. La otra la del coronel de federales. Cualquiera de los dos pudo morir.

—Regresé a contarte que el coronel murió como un valiente.

—Vives un inacabable sueño de honor.

(Ahora ella está sola y recuerda: Así no es la vida como yo la entiendo. Ah, ¿ahora ella entendía la vida al fin, después de ser amada por él?)

—Eres vanidoso y tonto a veces, y a veces eres sincero y vulnerable. Esto sé después de haberte amado. Esto lo entiendo, pero no tu manera de entender la vida, porque tú celebras la muerte más que nada.

—Yo estoy vivo. Gracias a una mujer ayer y gracias a ti hoy.

No, ella negó agitando su cabellera castaña, él estaba vivo hoy porque todavía no le llegaba el mejor momento para su muerte. No lo dejaría pasar. Lo más importante de la vida de Arroyo no iba a ser cómo vivió, sino cómo murió.

—Seguro. Espero que tú puedas verme morir, gringuita.

—Ya te dije que prefiero ver tu muerte que la del viejo.

—Está muy viejo.

—Pero no sé juzgar su dolor. El tuyo sí.

—Te la has pasado juzgándome desde que llegaste.

—Ya no lo haré más, te lo juro. Es mi promesa contra la tuya, general Arroyo.

—Hablas mucho, gringuita linda. Yo crecí en silencio. Tú tienes más palabras que sentimientos, creo yo.

—No es cierto. Me gustan los niños. Soy buena con ellos.

—Entonces ten uno.

Se rieron mucho y él volvió a besarla, metiéndosele en la boca como en un sótano lleno de perros, devorándole la lengua con la misma hambre que sintió entonces.

—¿No te gusta, gringuita? Con o sin promesas, no te gusta, dime gringuita preciosa, gringuita amante y dolida, amando de veras por la primera vez, no me digas que no chula, ¿no te gustó mi amor, tu amor gringuita?

—Sí.

Arroyo gritó y la mujer de la cara de luna apretó la mano del gringo viejo y dijo de Arroyo lo que todos decían del gringo:

—Nomás vino aquí a morirse.

—Capitán Winslow, estoy muy sola y usted puede tomarme cuando guste.

El gringo viejo regresó caminando al carro de ferrocarril y vio a Arroyo solo, riendo y contoneándose, con paso fanfarrón, por el campamento polvoroso, sin saber lo que su enemigo hacía o decía. Pero el gringo imaginó y temió que el general se paseaba como un gallito para dar a entender que la gringa era suya, se había desquitado así de los chingados gringos, ahora Arroyo era el macho que se cogió a la gringa y lavó con una eyaculación rápida las derrotas de Chapultepec y Buenavista.

Pero Harriet no pensaba como el viejo. Cuando Arroyo la dejó, la mujer con cara de luna había regresado al compartimiento donde dormían las dos mujeres y Harriet se sintió escandalizada y avergonzada. Ésta era su verdadera mujer.

—Debes entender —dijo la mujer de las manos largas y suaves, que eran parte de su afecto y de su comunicación—. Eran azotados con el lado plano del machete si se les oía hacer el amor. A veces casi los mataban. Tenían que amar y gozar en silencio, te lo digo como mujer. Menos que bestias. Yo fui la primera mujer que él amó sin tenerle miedo a sus palabras y a sus suspiros. Él nunca olvidará cómo gritó de placer la primera vez que se vino dentro de mí y nadie lo azotó. Tampoco yo lo olvidaré, señorita Harriet. Nunca voy a interrumpir su amor, porque sería como interrumpir mi amor. Pero él nunca había vuelto a gritar, hasta esta noche, con usted. Esto me dio miedo, debo confesárselo ahora, antes de que sea demasiado tarde y mi presagio se vuelva otra cosa. Tomás Arroyo es hijo del silencio. Su verdadera palabra son sus papeles que él entiende mejor que nadie, aunque no los sepa leer. Yo siempre temí que regresara aquí, donde nació. ¿Qué cosas pueden pasar cuando uno regresa al hogar que un día abandonó para siempre?

Como no supo qué contestar a esto, Harriet hizo un intento débil por decirle a la mujer que ella también tuvo un amante en su país, un hombre tierno y entero, un hombre distinguido y responsable, un... Miró los ojos de la mujer con cara de luna y no pudo continuar.

—Estás libre, gringa —le había dicho Arroyo al dejarla esa tarde, y ella le había contestado que no, ése no era amor de verdad, pero qué le iba a decir si regresaba otra vez, esta noche, un poco borracho, a decirle que no le bastaba una vez, que el dolor del gringo viejo no era nada junto al dolor de él, el dolor de no tenerla a ella otra vez, de seguirla deseando, imaginándola desnuda en sus brazos, acariciarla...

—Ya no tienes nada que desear o imaginar, general Arroyo. —No me castigues, por favorcito.

—¿Preferirías imaginarme? Ahora hablas como un hombre que conocí una vez. También él prefería imaginarme mientras tomaba a otras, para que yo fuera su chica ideal. Quizás mi destino es vivir en la imaginación de los hombres.

Arroyo dijo que no conocía la historia personal de Harriet, ni quería saberla. ¿Quizás ella también sentía que se había desquitado?

—Todos somos gente resentida, unos más que otros —le dijo Tomás Arroyo—. A todos nos gusta la venganza. Aquí la llamamos por su nombre. ¿Cómo la llaman ustedes?

—Caridad… destino… —murmuró Harriet Winslow.

Admitió que sí quería matar al gringo viejo la noche de la batalla y luego decirle a ella que murió como un cobarde. ¿Qué quería ella, de veras? ¿Tener un padre como el gringo viejo, o ser como su padre con Arroyo? Ella tembló al oír esto y le dijo habla, habla, para que dijera otra cosa, no esa que acababa de decir.

Arroyo pensó antes de decidirse a quererla que nunca iba a saber por qué el gringo viejo no mató al coronel y perdió así la oportunidad de ganarse la confianza del jefe.

—Ésa fue la primera cosa que me dije, gringa —le comunicó en seguida su duda—. La segunda fue: Arroyo, si matas al gringo viejo nunca va a ser tuya la gringuita. Entonces un diablito se me metió en la cabeza y me dijo: Arroyo, puede que las dos razones sean las mismas. Ni tú ni el gringo quieren perder a esta linda mujer. Y los dos saben que ella nunca amaría a un asesino.

Esto la desesperó. ¿Cómo contaba Arroyo sus muertos? ¿Los del nuevo día borraban a los del anterior? ¿Cada mañana era borrón de sangre y cuenta nueva de muerte? Mañana, mañana… Dijo que no le importaba nada de lo que dijera ya. Pudo haber dicho lo que quisiera. Pudo haberle inventado otro destino al viejo. Le gritó que la estaba hiriendo en su fe más profunda. Le pidió que le creyera: ella no pensaba como él, le costaba seguirlo, no debían verse más, una sola vez para hacerse una promesa y darse un placer, lo admitía, pero no para reinventarse un destino, el propio y el ajeno también. Ésa no fue su fe, dijo sollozando Harriet Winslow. Sólo Dios puede hacer eso.

—No un hombre como tú.

—Pude haberlo matado.

—Entonces nunca me hubieras poseído, tienes razón. Sólo estuve contigo porque me dijiste que querías matarlo. Eso me dijiste en el apretujón de la capilla, agarrándome los brazos.

—Oye, ¿qué es esa rueda en tu brazo derecho?

—Es una vacuna. Pero contéstame. Ahora debes cumplir tu promesa.

—Estás libre, gringa. ¿Vacuna?

—¿Me enseñaste a descubrir el amor sin amar? Ésta no es la verdadera libertad de una mujer, te equivocas.

Y otra vez:

—¿No te gustó gringuita?, dime si no te gustó, con o sin promesa, verdad que te gustó y quieres más, gringuita preciosa, muchachita dulce, gringuita mía mi amante cariñosa, amando de verdad por la primera vez, con tu vacuna y todo, yo sé, ¿no te gustó mi amor nuestro amor gringuita?

—Sí.

Y esto Harriet Winslow nunca se lo perdonó a Tomás Arroyo.

XVI

—¿Sabes por qué regresé? —le preguntó a Harriet Winslow, y en seguida no preguntó, afirmó—: Tú sabes por qué regresé. Tus ojos se te escapan, gringuita, debes andar huyendo de algo, puesto que tanto deseas regresar a lo mismo a lo que le andas huyendo: mira, te miraste en los espejos, ¿crees que no lo sé?, yo también me miré en los espejos, cuando era un muchachito; pero mis hombres no, ellos nunca habían visto sus cuerpos enteros; yo tenía que darles ese gran regalo, esa fiesta: ahora, mírense, muévanse, levanta un brazo, tú, baila una polka, desquítense de todos los años ciegos en que vivieron ciegos con sus propios cuerpos, tentando en la oscuridad para encontrar un cuerpo —tu cuerpo— tan extraño y callado y lejano como todos los demás cuerpos que no te permitían tocar o a los que no les permitían tocarte a ti. Se movieron enfrente del espejo y se quebró el encanto, gringuita. Tú sabes, aquí tenemos un juego de niños. Se llama los encantados. El que te toca te encanta. Te quedas quieto hasta que otra persona llega a tocarte. Entonces puedes moverte otra vez. ¿Quién sabe cuándo vendrá otra persona a encantarte otra vez? Encantar. Es una palabra muy bonita. Es una palabra muy peligrosa. Estás encantado. Pero ya no eres dueño de ti mismo. Le perteneces a otra persona que no puede hacerte bien o hacerte daño, ¿quién sabe? Óyeme gringuita: yo he estado encantado por esta casa desde que nací aquí, no en la cama grande y acojinada y con baldaquines de mi padre, sino en el petate de mi madre en los cuartos de servicio. La hacienda y yo nos hemos estado mirando desde hace treinta años, como tú miraste al espejo o como mis hombres se vieron reflejados. Yo estaba encantado por la piedra y el adobe y el azulejo y el vidrio y la porcelana y la madera. Una casa es todo esto, pero mucho más también. ¿Tuviste una casa a la que le pudieras decir "mi casa" cuando eras niña, gringuita? ¿O tú también tuviste que mirar a una casa que pudo ser tuya, que de algún modo era tuyo, me entiendes, pero que era más lejana que un palacio en un cuento de hadas? Hay cosas que son las dos cosas: tuyas y ajenas, que te duelen como propias porque no son tuyas. ¿Me entiendes? Ves otra casa, entiendes esa casa, ves cómo se prenden las luces y luego se escurren de ventana en ventana, luego las ves apagarse de noche y tú estás dentro de la casa pero afuera también, enojado porque estás fuera pero agradecido de que puedes ver la casa mientras todos ellos, los demás, los otros, muchos, están adentro, capturados, y no pueden ver: entonces ellos son los excluidos y tú te alegras, gringuita, tú te sientes contento y hay alegría en tu corazón: tú tienes dos casas y ellos sólo tienen una.

Arroyo dejó escapar un espantoso suspiro, más parecido al quejido de alguien pateado en la ingle y escondió la expulsión involuntaria de sus pasiones interiores carraspeando y escupiendo una flema gruesa en una copa llena de mezcal. Era un feo espectáculo y Harriet se escondió de él pero Arroyo le tomó con fuerza la barbilla.

—Mírame —dijo Arroyo, desnudo frente a Harriet, arrodillado desnudo con su duro pecho mo-

reno y su ombligo hondo y su sexo inquieto, nunca
en reposo, ella lo averiguó, siempre a medio llenar,
como la botella de mezcal que siempre dejaba abandonada en sus lugares, como si los largos y duros testículos, semejantes a un par de aguacates peludos,
columpiándose pero duros como piedras entre sus es-
beltas, lampiñas, lustrosas piernas indias, estuviesen
ocupados incesantemente en la tarea de volver a llenar
el pene negro, otra vez brilloso, palpitante, coronado
por una aureola del vello más negro que ella había
visto jamás, y se rió recordando el vello púbico des-
peinado, rojizo, escaso de Delaney, que ella sólo vio
una vez, a través de la bragueta medio abierta, el pene
de Delaney dormido como un triste enano perdido en
una lavandería: visto sólo una vez, pero sentido tantas
veces cuando le pedía: sé mi mujer, Harriet, demués-
trame tu amor, haz lo que quieras, ya sabes, sin ningún peligro para ti, dulzura, sólo tu manita suave,
Harriet: y sus pequeños placeres fríos y espasmódicos;
Arroyo era como un arroyo fluido y parejo de sexo:
eso es lo que su nombre significaba, Brook, Stream,
Creek: Tom Creek, Tom Brook, ¡qué buen nombre
inglés para un hombre que se parecía a Tomás Arroyo!,
ella rió con él arrodillado allí frente a ella, sin ostentar
su perpetua semierección que ella vio y tocó con en-
sueño, entendiendo que nada había que entender allí,
que Arroyo, su Tom Brook, era el garañón elemental:
había oído decir que hombres como los arrieros, los
esquiladores, los albañiles, siempre la tenían lista,
dura, no se complicaban la vida con pensamientos sobre el sexo, usaban el sexo con la normalidad con que
caminaban, estornudaban, dormían o se alimentaban:
¿Arroyo era como ellos? Lo pensó por un momento y

en seguida se detestó a sí misma por mirarlo una vez más con aire protector —mucho, mucho mejor pensar que la verga de Arroyo estaba siempre lista, o medio lista, en verdad, gracias a una imaginación complicada que a ella le resultaba imposible calar: ¿quizás él era así con ella, sólo con ella, con nadie más, con ninguna otra mujer?

"Harriet Winslow —se regañó en silencio a sí misma—, el orgullo es un pecado. No te conviertas en una muchacha tonta e infatuada tan tardíamente. No estás enloqueciendo a nadie, ni en México ni en Washington. Quieta, quieta, miss Harriet, niña, tranquila."

Ya no se hablaba más a sí misma; su imaginación la había conducido a los brazos de la amante de su padre, la húmeda negra en la mansión húmeda y silente donde las luces subían y bajaban por las escaleras.

—Mírame —repitió Arroyo—, mírame mirándote (esto quería decir, de todas maneras, pensó ella) (ahora ella se siente sola y recuerda) incapaz de moverme mientras te miro a la cara, porque eres bella, quizás, pero la belleza no es la única razón para permanecer así, inmóvil, enfrente de alguien o de algo, como ante una serpiente, sonrió Harriet, por ejemplo, o un espejismo en el desierto; o una pesadilla de la cual no se puede escapar, cayendo para siempre dentro del pozo del sueño, para siempre corriendo carreras dentro del sueño: no —dijo Arroyo—, piensas en cosas tristes y feas, gringa, yo hablo de belleza, o amor, o porque de repente me acuerdo de quién eres tú y, o tú me haces acordarme de quién soy yo, o de repente cada uno se acuerda de alguien por su cuenta pero le da las gracias a la persona que está mirando para traerle ese dulce recuerdo de vuelta; sí —ella levantó la palma de su mano—, aquí, esta noche puedo imaginar muchas cosas que nunca fueron o desear lo que nunca tuvimos —dijo Arroyo, uniendo su palma abierta a la de ella: ella fría y seca, él caliente pero también seco, los dos de hinojos con sus rodillas arremolinando la espuma de las sábanas, la cama como un oleaje inmóvil que recobraría la vida en cuanto el tren se moviera otra vez, se apresurara rumbo a su siguiente encuentro, la batalla, la campaña, lo que viniera después en la vida de Arroyo: entonces la cama de los Miranda sobre la cual estaban arrodillados juntos y enamorados se sacudiría por sí misma, sin tomar en cuenta a los cuerpos que ahora le daban su único ritmo: un mar de flujos lentos y fríos y súbitos relámpagos de calor surgidos desde las profundidades insospechadas donde un pulpo se movería con terror irracional y los espirales de arena negra corriendo como nubes hacia arriba entibiando las aguas con la fiebre revelada de lo inmóvil, rompiendo los espejos del mar helado: astillando la superficie de la realidad.

Cada uno encerró en su puño la mano del otro.

Él dijo que durante treinta años había estado detenido sin moverse mirando la hacienda: como niño, como muchacho, y como hombre joven en la hacienda. Entonces hubo este movimiento. Él no lo inició. Él nomás se juntó a él. Pero comprendía que era suyo, como si él hubiese engendrado a la revolución entre los muslos del desierto de Chihuahua, sí, gringuita, así nomás. Pero no era eso lo que importaba. La cosa es que él se había movido, al fin, él y todos ellos, arqueados, moviéndose, ascendiendo como desde un sueño de marihuana, animales lentos morenos sedientos y heridos, ascendiendo desde el lecho del desierto, el hueco de la montaña, los pies desnudos de los poblados devorados por los piojos, había hablado ella con La Luna, la mujer que había llegado de un pequeño poblado en el norte de México, ella lo sabía, ¿lo sabía ella?, bueno el movimiento lo había excitado y ahora, y ahora, la obligó violentamente a bajar la mano empuñada en la suya y la colocó sobre su verga nerviosa, y ahora sólo podía decírselo a ella, nunca le diría nada a La Luna, la mujer entendería pero se sentiría traicionada porque los dos eran mexicanos, él se lo diría a la gringa, porque sólo se lo podría contar a alguien llegada de una tierra tan lejana y extraña como los Estados Unidos, el otro mundo, el mundo que no es México, el mundo distante y curioso, excéntrico y marginal de los yanquis que no disfrutaban de la buena cocina o de las revoluciones violentas o de las mujeres sujetas o de las iglesias hermosas y rompían todas las tradiciones nada más porque sí, como si sólo en el futuro y en la novedad hubiese cosas buenas, le podía contar esto a la gringa no sólo porque ella era diferente sino porque ahora ellos los mexicanos eran, quizá sólo por un instante, como ella, como el gringo viejo, como todos los gringos: inquietos, moviéndose, olvidando su antigua fidelidad a un solo lugar y un solo paisaje y un solo cementerio, esto se lo diría a ella:

—Gringa, estoy encerrado otra vez.

—¿Qué quieres decir? —preguntó ella, sorprendida una vez más por este hombre cuyas palabras eran su sorpresa.

—Esto es lo que quiero decir. Entiéndeme. Trata. No me podía mover mirando la hacienda, como si fuera mi propio duende. Entonces me escapé y me movió. Ahora estoy inmóvil otra vez.

—¿Por qué regresaste aquí? —dijo ella tratando de ser comprensiva.

—No —él sacudió la cabeza con vigor—. Más que eso. Me siento otra vez prisionero de lo que hago. Como si otra vez ya no me moviera.

Estaba encerrado en el destino de la revolución donde ella lo sorprendió: esto quiso decir. No, era algo más que el regreso a la hacienda. Mucho más que eso (dejó caer su mano sobre el muslo desnudo de Harriet): Todos tenemos sueños, pero cuando nuestros sueños se convierten en nuestro destino, ¿debemos sentirnos felices porque los sueños se han hecho realidad?

Él no lo sabía. Ella tampoco. Pero lo que sí hizo Harriet fue empezar a pensar desde entonces que quizás este hombre había sido capaz de hacer lo que a nadie se le exige: había regresado al hogar, revivía uno de los más viejos mitos de la humanidad, el regreso al lar, a la tibia casa de nuestros orígenes.

"No puede ser —se dijo ella—, y no sólo porque lo más probable es que el lugar ya no esté allí. Pero aunque estuviera allí, nada volvería a ser igual: la gente envejece, las cosas se rompen, los sentimientos cambian. Nunca puedes regresar al hogar, aunque sea el mismo lugar con la misma gente, si por azar ambos permanecieron, no los mismos, sino que son simplemente allí, en su estar." Se dio cuenta de que la lengua inglesa sólo sabía conjugar una clase de ser —to be— que en español era el ser y su fantasma: ser y estar, una forma de existencia el espejo de la otra, pero también su transformación: cambio constante, como el espíritu y la carne. El hogar es una memoria. La única verdadera memoria: pues la memoria es nuestro hogar, y así se convierte en el único deseo verdadero de nuestros corazones; la búsqueda ardiente de nuestros pequeños e inseguros paraísos, enterrados muy dentro de nuestros corazones, impermeables a pobreza o prosperidad, bondad o crueldad. Una pepita reluciente de autoconocimiento que sólo brilla ¿para el niño?, preguntó Harriet.

—No —contestó Arroyo intuitivamente—, un niño es sólo un testigo. Yo fui el testigo de la hacienda. Porque era el bastardo de los cuartos de servicio, tenía que imaginar lo que ellos ni siquiera volteaban a ver. Crecí oliendo, respirando, oyendo cada rincón de esta casa: cada cuarto. Yo podía saber sin moverme, sin abrir los ojos, ¿ves, gringuita? Yo podía respirar con el lugar y ver lo que cada uno hacía en su recámara, en su baño, en el comedor, no había nada secreto o desconocido para mí el pequeño testigo, Harriet, yo que los vi a todos ellos, los oí a todos, los imaginé y los olí nomás porque respiré con el ritmo que ellos no tenían porque no les hacía falta, ellos se lo merecían todo, yo tenía que meterme la hacienda a los pulmones, llenarlos con la más pequeña escama de pintura, la migaja más chiquitita de pan, la más secreta cuajada de vómito, las huellas serpentinas de caca y su polvo barrido bajo los tapetes, y ser así el testigo ausente de cada cópula, apresurada o lánguida, juguetona o aburrida, lamentable u orgullosa, tierna o fría, de cada defecación, gruesa o aguada, verde o roja, suave o aterronada con elote indigesto, escuché cada pedo, me oyes, cada eructo, cada gargajo caer, cada orín correr, y vi a los guajolotes descarnados cuando les torcían los pescuezos, y los bueyes castrados, los chivos despanzurrados y puestos en el asador, vi las botellas encorchadas repletas con el vino inquieto de los valles de Coahuila, tan cerca del desierto que saben a vino de nopal, luego las medicinas descorchadas para las purgas de aceite de ricino y las altas fiebres de la muerte y el parto y las enfermedades infantiles, yo podía tocar los terciopelos rojos y los organdíes cremosos y las tafetas verdes de las crinolinas y los bonetes de las señoras, sus largos camisones de encaje con el sagrado corazón de Jesús bordado enfrente de sus coños: la devoción temblorosa y humilde de las veladoras sudando tranquilamente su cera anaranjada como si fuesen parte de un perpetuo orgasmo sagrado; contrastando con los candelabros de la vasta mansión de parqués lujosos y pesados drapeados y borlas doradas y relojes de pie y poltronas aladas y sillas de comedor quebradizas y bañadas en pintura dorada: yo lo vi todo y un día mi viejo amigo el hombre más anciano de la hacienda, un hombre acaso tan viejo como la hacienda misma, sí, a veces lo creí así, un hombre que nunca usó zapatos y nunca hizo ruido (Graciano se llamaba, ahora lo recuerdo) vestido todo de manta blanca, un pedazo de cuero viejo el anciano, con esa ropa que había sido cosida una y otra vez hasta que no era posible ya distinguir entre los remiendos y los remiendos de los remiendos de su ropa y las arrugas de su piel, como si el cuerpo también hubiese sido remendado mil veces: Graciano con su rastrojo blanco en la cabeza y la barbilla era el hombre encargado de darle cuerda a los relojes cada noche y una de ellas me llevó con él.

"Yo no se lo pedí. Él nomás me tomó de la mano y cuando llegamos al reloj que estaba en la sala donde todos estaban tomando café y coñac después de la cena, Graciano me dio las llaves de la casa. Él era el único criado que tenía derecho a ellas. Me las dio a mí aquella noche para que yo las tuviera en mi mano mientras él le daba cuerda al gran reloj de la entrada de la sala.

"Gringa: por un instante tuve esas llaves en mi mano. Eran calientes y frías, como si las llaves también hablaran de la vida y muerte de los cuartos que iban abriendo.

"Traté de imaginar cuáles piezas abrirían las llaves calientes; y, cuáles las frías.

"Sólo fue un instante.

"Apreté las llaves con mi puño como si en él tuviese la casa entera. En ese instante toda la casa estuvo en mi poder. Todos ellos estaban en mi poder. Seguro que ellos lo sintieron porque (estoy seguro) por primera vez en la vida de nadie dejaron de platicar y de fumar y beber y dirigieron la mirada hacia el viejo que le daba cuerda al reloj y una bellísima señora vestida de verde me vio y vino hasta mí, hincándose enfrente de mí y diciendo: '¡Qué mono!'

"La apreciación de la joven señora no fue compartida por el resto de la compañía. Vi movimientos arrimados, escuché voces bajas, y luego un penoso silencio cuando la señora joven se volteó a mirarlos como queriendo compartir su alegría con ellos pero sólo se halló con miradas frías y entonces preguntó con voz muy baja:

"—¿Qué he hecho ahora?

"Era la joven esposa del hijo mayor de mi padre. Era la madre de los niños, mis sobrinos, a los que tú viniste a enseñarles el inglés, gringa. Hace veinte años, esa muchacha todavía no entendía las leyes de los Miranda. Yo los miré azorado, apretando en mi puño las llaves de su casa. Entonces el hombre que era mi padre ladró:

"—Graciano, quítale las llaves a ese mocoso.

"El viejo sonrió y abrió su mano pidiéndome su regalo.

"Yo entendía a don Graciano. Le devolvía sus llaves dejándole saber que yo ya las había tocado, que yo entendía que él me hacía este maravilloso regalo por alguna razón desconocida. Cuando se las regresé, las llaves estaban calientes pero mi mano estaba fría.

"Luego don Graciano me llevó con él a su camastro en la parte donde dormían los criados y se sentó allí con una mirada lejana que luego he aprendido a distinguir, gringa, en los ojos de los que ya se van pero todavía no lo saben. A veces, mirándolos, nosotros sabemos primero quién se va a ir, y cuándo. Hay una como lejanía en la mirada, una mirada hacia dentro que nos está diciendo: 'Mírame. Ya me voy. Yo no lo sé. Pero es nomás porque me estoy mirando por dentro y no por fuera. Tú que me miras por fuera, avísame si no tengo razón y mira, muchacho, no me dejes morir solo.'

"Claro que el viejo Graciano habló de otras cosas esa noche. Dijo, me acuerdo (Arroyo recordó), que muchas veces los patrones habían querido pasarle ropa usada, ropa de ciudad, para distinguirlo y demostrarle su estima. Me aconsejó que nunca fuera a aceptar eso. Que me quedara siempre con mi traje de trabajador, me dijo esa noche.

"Habló de la caridad y de cómo la detestaba. Habló de hablar, de hablar como hablamos nosotros, no como imitamonos de la manera de hablar de los patrones. Dijo que nunca había que explicar nada; mejor sufrir los azotes que quejarse o explicar nada. Si había que sobrevivir, era mejor hacerlo sin decir nunca 'Lo siento' o 'No me siento bien'.

"Me acercó, acurrucándome, a su pecho y el son de su corazón era más pequeño que el de las lagartijas del desierto que a veces capturé escapándose de un rincón en ruinas de los cuartos de servicio.

"La caridad, dijo, es la enemiga de la dignidad —no es el orgullo el pecado, el orgullo es pura dignidad. El orgullo no es un derecho, dijo rascando debajo del jorongo enrollado que le servía de descanso para la cabeza: la dignidad sí lo es. Extrajo del jorongo una caja plana y hermosa de palisandro, gringa, escondida allí dentro de su jorongo enrollado, diciendo que la dignidad es un derecho, y el derecho estaba aquí mismo dentro de esta caja; él me había dado las llaves pero tenía que regresárselas o se darían cuenta de que algo raro sucedía. Pero lo que había dentro de la caja de madera podía dejarlo conmigo: dejármelo a mí, porque ellos no sabían nada de eso pero yo sí debía saber, porque yo era el legítimo heredero de la hacienda de los Miranda.

"Tomé la caja, lleno de asombro, sin entender nada en verdad, sólo lleno de asombro: esto me ocurría a mí este día de mis nueve años. Pero le aseguré a don Graciano que protegería su cajita como si fuese mi propia vida.

"Él sonrió, afirmando con la cabeza.

"—Nuestros antepasados vendrán a mi entierro y me recibirán porque he guardado seguros los papeles.

”Esto es todo lo que dijo y ya no siguió hablando del asunto. Entonces soltó un largo suspiro y me acarició la cabeza y me dijo que me fuera a dormir y que lo buscara al día siguiente.

”Te lo juro, Harriet, el viejo no me dijo: Mañana hablaremos; no me dijo: No dejes de venir mañana para que platiquemos más. Sin duda que no me dijo: Oye, Tomasito, me voy a morir y quiero que estés aquí conmigo, de modo que no me vayas a abandonar mañana: Quiero que me veas morirme porque esto es lo que me debes por llevarte adentro de la casa y hacerte que los vieras y hacer que ellos te vieran a ti, no como a ellos les gusta vernos, parte de un montón arrimado, tú entiendes, les gusta mucho no reconocer a nadie y mirar por encima de nuestras cabezas como si no estuviéramos allí, y yo en cambio quería decirles:

”—Mírenlo. Aquí está. Ustedes no pueden mirar a través de Tomás Arroyo. No está hecho de aire, sino de sangre. Es carne, no es vidrio. No es transparente. Es opaco, bola de cabrones hijos de su chingada, es opaco como el muro de la prisión más sólida que ustedes o yo o él jamás penetraremos.

”Éste fue el adiós de Graciano a sus muchos años en la hacienda de los Miranda.

”Al día siguiente lo encontraron muerto en su catre. Yo lo vi cuando se lo llevaron a enterrar. ‘Es Graciano’, dijeron. ‘¿Quién irá a darle cuerda a los relojes ahora?’

”Graciano también era viejo, Harriet, como tu gringo viejo. Lo enterramos aquí en el mismo desierto que el general indiano encontró cuando vino aquí. Pero cuando enterramos a Graciano, todos nuestros antepasados se llegaron a la reunión, los apaches y los tobosos y los laguneros errantes que cazaron y mataron en la tierra cuando la tierra no era de nadie, y los españoles que llegaron con el hambre de las ciudades de oro que creyeron encontrar en este desierto, y los que vinieron detrás de ellos con las cruces cuando supieron que aquí no había oro sino espina y finalmente los que vinieron a habitar esta tierra y a clavar sus derechos sobre la tierra con sus pernos de plata y sus espuelas de fierro, tomando la tierra de los indios que regresaron disparando rifles y violando mujeres y haciendo retumbar los cascos de sus caballos recién descubiertos sobre el desierto, o que fueron matados, o que fueron enviados a las cárceles en los trópicos para que se murieran de malas fiebres, o que subieron hasta las montañas, cada vez más alto y más lejos hasta desaparecer como el humo que a veces se ve en la coronilla misma de los picachos más grandes, como si ésta fuera su diaria ofrenda a la muerte que todos nos debemos cada día: una gris columna despidiéndose del mundo, diciendo que nos alegra partir con algo cada día, así sea sólo un soplo de cielo nublado, para que cuando nos vayamos del todo ya estemos acostumbrados, nos reconozcamos en la muerte de nosotros que nos precedió: gringuita, ¿tú ves mi muerte como parte de mi vida?"

—No —dijo ella—, la vida es una cosa y la muerte es otra: son cosas opuestas, enemigas, y no debemos confundirlas para no correr el riesgo de abandonar la vida y dejar de defenderla, pues la vida es frágil y puede dejar de ser en cualquier momento.

—Ah, entonces la vida sí contiene su propia muerte —saltó Arroyo.

—No, no —Harriet negó con sus trenzas deshechas—, la vida está rodeada por su enemiga; estamos asediados por lo que nos niega: el pecado y la muerte, el demonio, el Otro…

Bajó la cabeza y añadió:

—Pero podemos salvarnos gracias a las buenas obras y a la decencia personal, a la abstinencia —y tuvo que mirar de reojo la siempre presente botella de mezcal, y en seguida se regañó por su falta de caridad— y la gracia del Señor, que es omnipresente, y accesible a nosotros porque es abundante y por eso Él es el Señor…

Arroyo la miró fijamente porque en los ojos de Harriet, un instante antes de que bajara la cabeza, él no podía descubrir nada que transformase las palabras en verdades: eran sólo convicciones, y no es lo mismo, pero se preguntó si debía respetarlas.

—¿Sabes qué, gringuita? Don Graciano vivió mucho tiempo.

—Espero que el viejo americano también viva el tiempo que Dios le concedió.

Arroyo rió, recostando la cabeza en el mono de Harriet: —Déjalo vivir tanto como ha vivido hasta ahora, déjalo vivir el doble de tiempo, gringuita, y ya verás cómo lo detestaría. Nos detestará si le damos el doble de su tiempo. No, gringa, nos morimos porque nuestros caminos se cruzan. Nomás. El desierto es grande. Graciano, don Graciano, está enterrado allí. Él siempre vivió aquí. Sus antepasados vinieron a verlo cuando lo enterramos. El gringo viejo vino aquí. Nadie le pidió que viniera. Él no tiene abuelos aquí. Su muerte sería muy triste. Nadie vendría a su tumba. Su sepultura no tendría nombre. Dile que se largue pronto, gringa. No es de los nuestros. No cree en la revolución. Cree en la muerte. Me da miedo, gringa. No tiene antepasados en este desierto.

—Háblame de los tuyos —rogó Harriet, sintiendo que pasada la cercanía de un momento la separación se acercaba a rastras y ella quería que la cercanía durara mientras pudiese, pues Harriet estaba segura, si no de la hermandad o enemistad de la vida y de la muerte, de que en la vida misma estar separados era nuestra condición compartida, no estar unidos; y estar separados, le dijo suavemente a Arroyo, era la muerte en vida, ¿él no lo creía?

Él contestó retomando su hilo y diciendo que primero los hombres blancos y luego los mestizos que pronto poblaron esta tierra, también ellos sufrieron como los indios; ellos también perdieron sus pequeñas propiedades en beneficio de las haciendas invasoras, las grandes propiedades pagadas desde el extranjero o desde la ciudad de México, convirtiendo en señorones de la noche a la mañana a los que tenían el dinero para comprar las tierras en subasta cuando las tierras dejaron de pertenecer a los curas; y los pequeños propietarios, como su propia gente, se encontraron de vuelta arrumbados: lárgate al monte, Arroyito, vive con los indios y conviértete en un soplo de fuego, o arrástrate por el desierto durante el día, como una lagartija, escondida a la sombra del cacto gigante, o asalta de noche como un lobo, corriendo a lo largo del océano seco y huérfano, o conviértete en trabajador aquí en la hacienda: si te portas bien quizás te volveremos a dar las llaves, puedes darle cuerda a los relojes cuando seas viejo, recuerda Tomás, debes conservar tu dignidad rechazando la ropa vieja de los señores.

—Pásame los frijoles, ¿quieres?

Arroyo levantó la mirada para ver a Harriet después de tragar los frijoles y luego volvió a descansar su cabeza sobre los muslos cerrados de la mujer; los ojos de la pareja se encontraron al revés, extraños ojos de vida submarina acentuados por cejas como bolsas, bigotes, bromas púbicas extraviadas, pero el tono de Arroyo era tan severo, tan implacable, que al principio ella no podía ver nada gracioso en ello:

—He regresado para que nadie en México tenga que repetir mi vida o escoger como yo tuve que escoger.

Ella imaginó cómo se reiría el gringo viejo al oír semejante aserto y ¿por qué no se reía también ella?, ¿por qué ya no estaba irritada como al principio cuando se encontraron y ella no quería llamarlo "general"? ¿Por qué, por qué? Buscó en su alma y allí encontró un calor terrible; pero era el calor de las cenizas ardiendo sin llama: un fuego moribundo, que es el más ardiente, el fuego más resistente de todos: ¿era también el fuego de Arroyo, o era solamente, ahora ella cierra los ojos rápidamente para no ver más a esas dos marsopas nadando que eran los ojos de Arroyo, su propio fuego, el fuego de Harriet Winslow, salvado para su propia gracia después de que Arroyo lo encendió, pero no de él, no, de él sólo momentáneamente, él un instrumento para recibir un fuego que siempre estuvo allí pero que le pertenecía a ella, a la caída de la casa de Halston, veranos nunca vistos en Long Island y a su madre y a su padre y a la amante negra de su padre, un fuego que le pertenecía a todo esto que era de ella y que ahora él quería atribuirse a sí mismo, con su arrogancia de macho y su implacable teatralidad, ella lo vio una vez más detenido en una de sus posturas espontáneas, no aprendidas, un torero en un coso vacante a la medianoche, rodeado del hedor muerto de las bestias, un tenor insospechoso de una de las óperas italianas que su madre la llevó a ver en el National Theater, pero nuevamente desprovista de decorados, vestuario, cortinas de brocado: un cantante desnudo, sí, casi un niño de modales nerviosos, ascendentes, a medio llenar. Harriet hizo lo que nunca había hecho en su vida, se clavó como un ave frágil pero hambrienta entre los muslos de Arroyo, tomó entre sus labios esa cosa nerviosa, ascendente, medio llena, olió al fin la semilla extraña, lamió la punta de la flecha, mordió, chupó, se tragó lo que antes sólo había estado dentro de ella pero ahora como si gracias a este acto ella estuviese dentro de él, como si antes él la hubiese poseído y ahora ella lo poseía a él: ésa era la diferencia, ahora ella podría arrancar la cosa a mordiscones si lo quisiera y antes él podía clavarse como una espada y cortarla a ella en dos, atravesarla, alfiletearla como una mariposa; antes ella pudo ser víctima; ahora él podía ser la suya; y ahora Arroyo creció pero no quiso venirse, maldito, maldito seas, prieto cabrón, maldito sea el horrendo grasiento, se niega a venirse porque quiere ahogarla, sofocarla, machacando, palpitando, acometiendo, negándose a derramarse en su boca, negándose a gritar como gritaba con la mujer de la cara de luna, maldito negándose a fruncirse y declararse vencido, negándose a admitir que en la boca de la mujer él era el cautivo de la mujer, pero otra vez haciéndola sentir que antes sabría estrangularla, antes de venirse y encogerse y dejarla a ella saborear su victoria.

Ella lo rechazó con un sonido gutural, salvaje, el peor ruido que jamás había salido de ella (se dijo y recuerda) cuando ella escupió fuera la tiesa culebra que le mordió los labios y se azotó contra sus mejillas, golpeándolas con un ruido seco mientras ella gritaba ¿qué te pasa, qué te hace ser como eres, chingada verga prieta, qué te hace negarle a una mujer un momento tan terrible y poderoso como el que antes tomaste para ti?

Y por esto Harriet Winslow nunca perdonó a Tomás Arroyo.

XVII

El viejo camina en línea recta, mascullando viejas historias que él escribió un día, crueles historias de la guerra civil norteamericana en las que los hombres sucumben y sobreviven porque les ha sido otorgada una conciencia fragmentada: porque un hombre puede estar a un mismo tiempo colgando de un puente con una soga al cuello, muriendo y mirando su muerte desde el otro lado de un río: porque un hombre puede soñar con un jinete y matar a su propio padre, todo en el mismo instante.

La conciencia errante, vagabunda, se dispersa como polen en un día de primavera; lo mismo que la quebranta, la salva. Pero al lado de esta conciencia rota del universo, una pregunta hace el viaje de la vida, preguntándonos: ¿cuál es el pretexto más hondo para amar?

Ahora Harriet caminaba al lado del gringo viejo, pero él siguió murmurando, sin importarle que ella lo oyera o lo entendiera. Si es necesario, nuestra conciencia pulverizada inventa el amor, lo imagina o lo finge, pero no vive sin él porque en medio de la dispersión infinita, el amor, aunque sea pretextado, nos da la medida de nuestra pérdida.

Llega el tiempo de renunciar incluso al pretexto y él lo escribió así: "El tiempo de largarse es cuando se han perdido una gran apuesta, la esperanza vana de un éxito posible, la fortaleza y el amor del juego."

La miró caminando a su lado, ahora, al mismo paso que él, capaz de mantenerle su paso de gringo, largo y silencioso, no taconeado y rápido y corto como en el mundo de los hijos de España. Miró a esta mujer veloz y segura y de gusto elegante y treinta y un años de edad que le recordaba a su hija y a su propia mujer cuando era joven. Lo seguía de cerca para que los dos vieran a la distancia a Arroyo en los llanos de polvo, arengando, moviéndose, quizás destruyendo lo que Harriet Winslow había construido tan frágilmente ayer apenas; lo seguía de cerca para entender al fin sus palabras.

—Te tomó como a una cosa, te dejaste violar como una cosa por el apetito animal de este hombre, te tomó para satisfacer su arrogancia y su vanidad, nada más.

—No. Él no me tomó a mí. Yo lo tomé a él.

El gringo viejo se detuvo y la miró por primera vez con verdadera violencia. Sus amargos ojos azules parecían tan tristes como sus palabras. Los ojos no creían en las palabras: los ojos eran realmente violentos.

—Entonces tú estabas hambrienta y solitaria, Harriet.

Quiso decir: No tenías necesidad de estar sola, desde que te conocí has estado viviendo una segunda vida, y has amado sin saberlo, en los mil fragmentos de mis propios sentimientos y mis propios sueños. Hasta en los espejos del salón adonde entraste sin mirarte vanidosamente, como si entraras a un sueño olvidado: hasta allí vivías y eras amada sin saberlo.

—No —respondió Harriet—, no lo tomé por lo que tú crees, porque sé que pude tener otros consuelos.

Él no pestañeó. Ella no había oído su pensamiento. Él no bajó la mirada azul amarga.

—Entonces, ¿por qué, Dios mío, por qué?

—Dijo que iba a matarte. Yo le dije que podía tomarme si con eso salvaba tu vida.

El viejo no reaccionó abiertamente al oír estas palabras, porque le tomó un par de minutos asimilarlo bien antes de soltarse riendo, a carcajadas, con lágrimas de risa, doblado como cuando soplaba el viento álcali y se le acababa la respiración y ella mirándolo sin comprender, llenando el vacío de la risa con más razones, dichas rápidamente.

—Arroyo dijo que pudo haberte matado antenoche, cuando lo desobedeciste y no mataste al coronel; dijo que eso bastaba: te rebelaste contra él, tu superior; tú pediste unirte a las tropas de Arroyo; él no te invitó; él creía que tú tratabas de merecer su confianza y no entendía por qué preferías probarlo volando un peso de plata en el aire que matando a un coronel federal. Yo le dije:

"—Dices que el coronel murió como un valiente. ¿No hubiera bastado?

"—No —me respondió él—. También pude decirte que el viejo murió como un cobarde.

"—¿Por qué, por qué necesitabas decirme esto?

"—Porque lo vi besarte la otra noche. Eso lo vi. Lo vi en tu recámara contigo y otra vez, y otra. Perdón. Desde niño aprendí a espiar. Mi padre era un hacendado rico. Lo espiaba bebiendo, fornicando, sin saber que su hijo lo miraba, esperando el momento de matarlo. Pero no lo maté. Se me escapó mi padre. Y ahora se me escapa el gringo rebelde éste, nomás porque los dos sabemos que tú no amarías nunca a un asesino."

—Te juro que tomé la decisión de venir a México antes de que consignaran al señor Delaney por fraude fed…

—Un cheque por setenta y cinco millones de pesos a favor de la Tesorería de los Estados Unidos, señor Stanf…

—No me toque ni con el pétalo de una rosa al presidente Díaz: tiene demasiados intereses en México nuestro jefe el señor Hearst…

—¿Alguien montaba el caballo? Sí, mi padre. Oh Dios mío.

—Nunca regresó de Cuba. Perdido en combate. Oh, Dios mío.

—Lo espiaba bebiendo y fornicando. Se me escapó. Oh Dios mío.

El gringo viejo dejó de reír y empezó a toser, hondo y mal.

—Te han engañado todo el tiempo —dijo trabajosamente, pensando si él y ella, los dos gringos, podían al cabo sacar sus verdaderas emociones al aire sin matarlas, como ciertas flores florecen en rincones sombríos y se marchitan apenas las tocan el aire y el sol—. Primero los Miranda te hicieron llegar hasta acá para evitar sospechas y poderse escapar más fácilmente. Los Capetos de Francia quizás habrían salvado sus cabezas si piensan en contratar a una institutriz la noche misma de su fuga. Pero aquí no es Varennes, Harriet. De manera que ahora te han hecho creer que dándole tu cuerpo al general ibas a salvar mi vida.

Volvió a estallar en carcajadas el viejo amargo.

—Ricos o pobres, los mexicanos siempre se desquitan de nosotros. Nos odian. Somos los gringos. Sus enemigos eternos.

—No entiendes —dijo Harriet confundida y descreída—. Iba a matarte, en serio.

—¿Dijo por qué?

—Porque un hombre sin miedo es un peligro para sus camaradas y para sus enemigos, así creo que lo dijo. Porque a veces hay un valor peor que el miedo, dijo.

—No. La verdadera razón.

Él quiso decir su razón, la razón de ella, imaginándola capturada y liberada por su propio pasado, el pasado soñado, los veranos húmedos de la costanera atlántica, la luz en el viejo caserón, su padre, la mujer negra, la lámpara en la mesita de su madre, la soledad y la felicidad cuando su padre se fue y nunca regresó, un novio de cuarenta y dos años que le dijo: "¿No estás contenta? Eres mi chica ideal."

—Es cierto. También dijo que sintió celos.

El viejo iba a seguir caminando, rumiando las decisiones de la hora, pero al oír a Harriet no se movió primero, luego la tomó, la abrazó, apretó la cabeza de la mujer contra su pecho.

—Muchacha, muchachita linda, mi pobre muchacha —dijo el gringo viejo, combatiendo la emoción que sintió desde que la oyó decir que Arroyo quería matarlo y que ella se entregó por salvarlo—. Oh mi niña linda, no me has salvado de nada.

Entonces la conciencia errabunda que era el sello y reclamo de su imaginación, si no de su genio, le preguntó al gringo viejo: ¿sabías que ella te ha estado creando igual que tú a ella, sabías, viejo, que ella te

creaba también un proyecto de vida?, ¿sabías que todos somos objeto de la imaginación ajena?

—¿No entiendes? Yo quiero morir. Por eso vine
aquí. A que me mataran.

Acurrucada en el pecho del viejo, Harriet olió
la fresca loción de la camisa; levantó una mano cariñosa y acarició las mejillas limpias, flacas, recién afei-
tadas del viejo, libre al fin de las acostumbradas cerdas
blancas. Era un viejo bien parecido. Le dio miedo, en
seguida, saberlo limpio, rasurado, perfumado, como
preparándose para una gran ceremonia. Pero los dis-
trajo el barullo lejano del pueblo. Arroyo hablándole
a la gente, moviéndose rápido y autoritario entre su
pueblo; los gringos lo vieron de lejos pero lo vieron de
cerca, cruel y tierno, justo e injusto, vigilante y laxo,
resentido y seguro de sí, activo y holgazán, modesto y
arrogante: un indolatino cabal. Lo vieron mientras
ellos se abrazaban y olfateaban y engañaban recorta-
dos contra el sol poniente, lejos de las ciudades y los
ríos que fueron suyos, avasallados por el sentido de la
revelación que a veces se aparece, "como la cara de
Dios en el desierto", dos o tres veces en la vida.

El viejo le decía rápidamente al oído:

—Yo no me mataré nunca a mí mismo, porque
así murió mi hijo y no quiero repetir su dolor.

Le dijo que no tenía derecho a quejarse, mucho
menos de pedir compasión ahora que la desgracia le
había caído encima. No tenía derecho porque él se había burlado de la infelicidad de todos; él se había pasado la vida acusando a la gente de ser infeliz. Él había
rodeado a su familia de odios ajenos a ella.

—Quizás mis hijos fueron la prueba de que no
odié al universo. Pero de todas maneras ellos me odiaron.

La mujer le escuchó pero sólo le dijo que valía la pena vivir y que ella se lo iba a demostrar; había una niñita en el pueblo, una niñita de dos años... Pero el gringo viejo empezó a apartarla de sí diciéndole que ya lo sabía, desde que entró a México sus sentidos habían despertado; sintió al cruzar las montañas y el desierto que podía oler y gustar y ver como nunca antes, como si fuera otra vez muy joven, mejor que cuando era joven —sonrió— cuando la inexperiencia del mundo le impedía hacer comparaciones y ahora se sentía liberado de las sucias jefaturas de redacción y los salones de quinqué amarillento y los barecitos apestosos donde su hijo murió y su vida había estado encarcelada mientras todos los muertos de California levantaban los vasitos de whiskey brindando por el próximo terremoto y por la próxima desaparición de El Dorado en el mar, para siempre y para fortuna de la humanidad: liberado de Hearst, liberado de los jóvenes parricidas que fatalmente asedian a un escritor famoso como los buitres del campo mexicano y dejando para quienes lo admiraron no el recuerdo de un anciano decrépito, sino la sospecha de un jinete en el aire; "Quiero ser un cadáver bien parecido".

Los ojos azules le chispearon.

—Ser un gringo viejo en México... *eso es eutanasia*.

Ahora aquí, rodeado de las montañas cobrizas y la tarde reverberante y translúcida y los olores de tortillas y chile y las guitarras lejanas mientras Arroyo era tragado por la jaula de espejos de su salón preservado de la extinción, él podía escuchar y gustar y oler casi sobrenaturalmente, como el ahorcado del puente de las lechuzas que en el instante de su muerte pudo al fin percibir las venas de cada hoja, más: a los insectos en cada hoja, más: los colores prismáticos de cada gota de rocío sobre un millón de hojas de hierba.

Su conciencia errante, cercana a la unidad final, le dijo que ésta era la gran compensación por los amores perdidos porque mereció perderlos; México, en cambio, le había dado la compensación de una vida: la vida de los sentidos despertada de su letargo por la cercanía de la muerte, la dignidad de la naturaleza como la última alegría de la vida: ¿iba ella a corromper todo esto con el ofrecimiento de un cuerpo que anoche le perteneció a Arroyo?

—Tuve una vanidad final —sonrió el gringo viejo—. Quería que la muerte me la diera el propio Pancho Villa. Esto es lo que quise decir cuando escribí una carta de despedida a una amiga poeta diciéndole: no me volverás a ver; quizás termine hecho trizas ante un paredón mexicano. Es mejor que caerse por la escalera. Ruega por mí, amiga.

Se quedó mirando a los ojos grises de Harriet. Dejó que el minuto se desenvolviera en silencio, gravemente, para que los dos se sintieran con plenitud.

—Tengo miedo de enamorarme de ti —le dijo como si nunca hubiera dicho otra cosa en su vida. Ella había sido la respuesta final al loco sueño del artista con la conciencia dividida. Ella había visto los libros en la petaca abierta. Ella sabía que él vino a leer el *Quijote* pero no que lo quiso leer antes de morirse. Ella vio los papeles borroneados y los lápices rotos. Ella quizá sabía que nada es visto hasta que el escritor lo nombra. El lenguaje permite ver. Sin la palabra todos somos ciegos: besó a la mujer, la besó como amante, como hombre, no con la sensualidad de Arroyo, pero con una codicia compartida:

—¿No sabes que quise salvarte para salvar a mi propio padre de una segunda muerte? —dijo ella con la urgencia entrecortada de su propia revelación—, ¿no sabes que con Arroyo pude ser como mi padre, libre y sensual, pero contigo tengo un padre, no lo sabes?

Sí, dijo él, sí como ella le dijo a Arroyo cuando Arroyo la hizo sentirse puta y a ella le encantó ser lo que despreciaba. Trató de apartarla de sí, sólo para asegurarse de que había lágrimas en esos lindos ojos grises pero volvió a apretarla y cegarla para que él pudiera decir lo que tenía que decir ahora que creía saberlo todo y saberlo todo era saber que le faltaba saberlo todo: ella había cambiado para siempre, eso le decía el abrazo, el calor, la proximidad de esta linda mujer que pudo ser su mujer o su hija, pero no fue nada de eso, sino que fue ella misma, por fin: él había sido el testigo privilegiado del momento en que un individuo, hombre o mujer, cambia para siempre, se agarra fatalmente al instante para el cual nació y luego lo deja ir, ya sin ambición, aunque con tristeza: ella había cambiado para siempre; su hija cambió entre los brazos y entre las piernas de su hijo, y nada inventado por él, ninguna burla, ninguna denuncia, ningún diccionario del diablo, pudo impedirlo. Sólo le quedaba aceptar el cambio de Harriet en el amor violento de Arroyo y exigirle algo a ella, en nombre del amor que no pudo ser, el amor entre el viejo que se disponía a morir y la joven que dejaba de serlo:

—Ahora dime tú la verdad, por lo que más quieras, no me dejes irme sin escuchar tu secreto.

(Se siente sola y recuerda. Mi amante. Mi hija.)

—No. Mi padre no murió ni se perdió en combate. Se aburrió de nosotras y se quedó a vivir con una negra en Cuba. Pero nosotras lo dimos por muerto y cobramos la pensión para vivir. A mí me escribió en secreto, para que entendiera. ¿Qué iba a entender, si lo que me hacía falta era sentir? Él no lo dijo, pero lo matamos nosotras, mi madre y yo, para sobrevivir. Lo peor es que yo nunca supe si ella sabía lo mismo que yo o si cobraba el cheque mensual de buena fe. Te digo que no quería entender; quería sentir...

Sacar a la luz el alma de la piel y el tacto y el movimiento y hacerlos uno. Nadie la entendió. ¿La entendía él? El viejo asintió. Ella le juró que aunque sabía quién era él, nunca lo revelaría. Ésa sería su manera de amarlo de ahora en adelante.

—Olvidaré tu nombre verdadero.

—Gracias —dijo simplemente el gringo viejo y añadió que lamentaba que ella hubiera venido a ofrecer vida y en cambio se quedara a atestiguar muerte.

—Quieres decir que vine a dar lecciones y en cambio voy a recibirlas —dijo ella secándose los ojos y las narices con su manga abombada, caminando otra vez el gringo viejo y ella siguiéndolo, fiel ahora, su vestal para siempre desde ahora, sacralizando estos minutos en los que ambos lograron unir su conciencia dividida en la del otro: antes de la dispersión final que adivinaban: el tiempo, México, la guerra, la memoria, la carne misma, les habían dado más tiempo del que les toca a la mayoría de los hombres y mujeres.

—Quizás —dijo el viejo—. Todos tratamos de ser virtuosos. Es nuestro pasatiempo nacional.

—Quieres que te diga que no me acosté con Arroyo para salvar tu vida y sentirme virtuosa, sino porque primero deseé su cuerpo y luego lo gocé.

—Sí, me gustaría. Aunque nuestro otro pasatiempo nacional es decir la verdad, no guardarnos ningún secreto: para sentirnos virtuosos, claro está. El niño Washington no puede negar que tumbó a hachazos un cerezo. Creo que el niño Juárez sí puede ocultar que deseó a la preciosa hija del patrón.

—Me gustó —dijo Harriet sin oír al gringo viejo.

Dijo que le gustó su manera de querer (lo oyó atribuyéndose el gusto a sí mismo, a su viejo cuerpo): quería que lo supiera.

—También quiero que sepas que Tomás Arroyo no tenía derecho a mi cuerpo y que se lo haré pagar caro.

Harriet miró al gringo viejo como al gringo le hubiera gustado ser visto antes de morir. El gringo sintió que esa mirada completó la secuencia fragmentada de su imaginación de Harriet Winslow, abierta por los reflejos de los espejos del salón de baile que sólo eran el umbral de un camino al sueño, atomizado en mil instantes oníricos y ahora reunido de nuevo en las palabras que al gringo le decían que Harriet no admitía testigos vivientes de su sensualidad y que ella le daba al viejo el derecho de soñar con ella, pero no a Arroyo.

XVIII

Entonces Harriet Winslow vio al general Tomás Arroyo que venía de regreso a su vagón, con la cabeza inclinada hacia adelante como si mirara las puntas polvosas de sus botas, sin ojos para el viejo cuando el viejo soltó a Harriet y le dijo:

—Una vez escribí una cosa chistosa. Los eventos se han venido emparejando desde el principio del tiempo a fin de que yo muera aquí.

Habló con una mirada dura y brillante. Le murmuró que él había venido aquí a que lo mataran porque él no era capaz de matarse a sí mismo. Se sintió liberado al cruzar la frontera en Juárez, como si de verdad hubiera entrado a otro mundo. Ahora sí sabía que existía una frontera secreta dentro de cada uno y que ésta era la frontera más difícil de cruzar, porque cada uno espera encontrarse allí, solitario dentro de sí, y sólo descubre, más que nunca, que está en compañía de los demás.

Dudó por un instante y luego dijo:

—Esto es inesperado. Es atemorizante. Es doloroso. Y es bueno.

Se frotó la mejilla recién rasurada con un gesto de resignación viril y le preguntó a Harriet antes de irse:

—¿Qué tal me veo esta noche?

Ella no contestó con palabras, sólo asintió para significarle que era un viejo muy bien parecido.

Arroyo les había dicho a sus hombres:

—Respeten al gringo. Esto es entre él y yo.

No, ella sólo recordó al gringo viejo antes de que entrara al vagón privado del general Arroyo, recordó que él sólo había escrito sobre la conciencia fragmentada y ella trató de entender esto a medida que Arroyo se le acercaba, ajeno al misterio de los dos gringos, con un fragmento de la conciencia de Harriet dentro de su cabeza, este general sabio y valiente porque no había comprendido nada del mundo fuera de su tierra, ostentoso y arrogante, que jugaba con las creencias de su pueblo y representaba su papel de gran dispensador de los bienes de este mundo: lo vio entero en esa luz del desierto, moribundos ambos, el desierto y la luz, aunque no el general; el caudillo árabe, mexicano y español seguido por su familia de criados, clientes y compañeros, aduladores y mercenarios, un hombre que la poseyó y fue testigo de su sensualidad, que estuvo presente en el encuentro secreto de su alma con los movimientos de su cuerpo, que miró el momento en que Harriet Winslow, que debió crecer rica en Nueva York pero creció pobre en Washington al amparo de una pensión y varias ausencias, cambió para siempre, y allá adentro en el vagón estaba el otro testigo de su transformación, el hombre que vino a que lo mataran, el viejo oficial de mapas de los Voluntarios de Indiana que conocía el valor de los papeles, los papeles que legitimaban la búsqueda del pobre general Arroyo: riqueza y venganza y sensualidad y orgullo y simple aceptación por parte de sus semejantes; la conciencia fragmentada de Harriet Winslow dio un salto en el vacío para meterse en la cabeza del general Tomás Arroyo que como ella no tenía padre, ambos muertos o ignorantes o lo que es lo mismo como si estuvieran los dos muertos y ambos ignoraran a sus hijos Harriet y Tomás: siempre la muerte y la ignorancia al cabo de todo, siempre la paz muda e insensible de la inexistencia y la inconciencia al final.

Arroyo subía ya los escaños al vagón de ferrocarril cuando ella corrió hacia él, gritando: detente, detente, y la mujer con la cara de luna salió del otro extremo del carro y la detuvo a la fuerza cuando se escucharon los disparos, junto con el sonido furioso y atragantado de Arroyo, pero ni un solo murmullo del viejo que logró salir a la plataforma con los papeles quemados en la mano y detrás de él Arroyo balanceándose todavía con una furia que Harriet Winslow nunca había visto antes ni esperaba volver a ver jamás: testigo de la muerte como Arroyo fue testigo de la sensualidad de Harriet. Arroyo allí, con una pistola humeante en una mano y una caja vacía, plana y larga de palisandro astillado, en la otra.

Ella le había gritado a Arroyo, para detenerlo, que recordara, los dos se conocieron al amarse, los dos se despidieron de sus padres ausentes, pero también de su juventud: ella conscientemente, él por pura intuición: en nombre de su juventud perdida, le pidió que no matara al único padre que les quedaba a ambos; ella gritó por primera vez de placer con él, él gritó por primera vez con la mujer de la cara de luna, después de vivir tanto tiempo en el silencio impuesto por la hacienda a sus esclavos: cayó muerto el gringo viejo y Harriet Winslow quiso pensar que murió preguntándose, igual que ella ahora, si ésta era la noche en que el sol volvería a salir porque de ahora en adelante éste sería el terror y ya no la oscuridad (ahora ella se

sienta sola y recuerda); cayó muerto el gringo viejo y
la tierra estaba siempre sola en medio del mar y el desierto estaba siempre solo en medio de la Tierra: cayó
muerto sobre el único océano de la Tierra, cayó muerto
el gringo viejo y las palabras se convirtieron en ceniza;
cayó muerto el gringo viejo y los compañeros hablaron porque ahora los papeles con su historia ya no
hablarían más por ellos: dirían que nosotros trabajamos mil años la tierra, antes de que llegaran los agri-
mensores y los abogados y el ejército a decirnos la
tierra ya no es de ustedes, la tierra ya se subastó, pero
quédense aquí para seguir viviendo, sirviendo a los
nuevos dueños, o si no muéranse toditos de hambre;
murió el gringo viejo y las palabras de los papeles se
fueron volando por el desierto, diciendo nos gusta
pelear, nos sentimos como muertos si no peleamos,
ojalá que esta revolución nunca se acabe y si se acaba
nos iremos a pelear en una nueva revolución, hasta
caernos muertos de puritito cansancio en nuestras
tumbas; cayó muerto el gringo viejo y las palabras
quemadas se fueron volando lejos de la hacienda y el
pueblito y la iglesia diciendo nunca conocimos a nadie fuera de esta comarca, no sabíamos que existía un
mundo fuera de nuestros maizales, ahora conocemos
a gente venida de todas partes, cantamos juntos las
canciones, soñamos juntos los sueños y discutimos si
éramos más felices solos en nuestros pueblos o ahora
volando por aquí revueltos con tantos sueños y tantas
canciones diferentes; cayó muerto el gringo viejo y se
escuchó el canto de las palabras incendiadas, en fuga
sobre el desierto habitado por los espectros de las lagunas, los ríos, los océanos: ahora todo es nuestro porque lo tomamos, las muchachas, la tropa, el dinero,

los caballos; sólo queremos que todo siga así hasta morirnos; muerto el gringo con la espalda acribillada y las palabras devoradas por el viento álcali que él nunca volverá a respirar, ni las palabras a escuchar que dicen azotados si no estábamos de pie a las cuatro de la mañana para trabajar hasta que se pusiera el sol, azotados si nos hablábamos durante el trabajo, azotados si nos oían cogiendo, sólo no azotados cuando éramos críos y llorábamos o cuando éramos viejos y nos moríamos; cuando murió, el gringo viejo cayó de bruces sobre el polvo, las montañas se acercaron un paso y las nubes cercanas buscaron su espejo en la tierra, mirándose en las palabras de fuego, el peor patrón era el que decía querernos como un padre, insultándonos con su compasión, tratándonos como niños, como idiotas, como salvajes; nosotros no somos nada de eso; adentro en nuestras cabezas sabemos que no somos nada de eso; cuando el gringo viejo mordió el polvo en México se desató una lluvia de desierto como para aplacar la sangre y el polvo juntos y grandes sábanas de agua mojaron la mortaja de la tierra para que las palabras quemadas se volvieran agua diciendo las cosas estaban lejos, ahora están cerca y nosotros no sabemos si esto es bueno o malo; pero ahora todo está tan cerca de nosotros que hasta sentimos miedo, ahora todo puede tocarse: ¿ésa es la revolución?; cuando el gringo viejo se fue para siempre las montañas parecían arena petrificada y el cielo se nos estaba muriendo bajo la lluvia de las palabras que decían todo estaba lejos, pero Pancho Villa está cerca y es como nosotros, ¡todos somos Villa!

Cuando murió el gringo viejo, la vida no se atrevió a detenerse.

Harriet Winslow y el gringo viejo lo habían visto antes, arengando en silencio, persuadiendo, abrazando a éste, pellizcando el cachete de aquélla, diciéndole que no hacían falta lecciones ni comités, hacían falta cojones para la guerra y amor para la paz, metralla de día y besos de noche, ¿dónde se prueba a sí mismo un hombre?, en la batalla o en la cama, no en una lección, gritó por encima del rebuzno de los burros con hocicos espumosos y blancos: la revolución es una gran familia, todos andamos juntos, lo importante es seguir adelante, yo dependo de Villa como si fuera mi padre y dependo de ustedes como si fueran mi familia: todo puede esperar, menos ganar esta guerra: levantó a un niño encuerado y le zurró en broma las nalguitas desnudas y ellos lo vieron desde lejos, imaginando que se las andaba echando, me cogí a la gringa, pero no que no importaba poseer nada sino la tierra, lo demás lo posee a uno y es malo pasarse la vida pensando en lo que se tiene y temiendo perderlo en vez de portarse como hombre y morir con honor y dignidad.

Pero ahora el gringo viejo había muerto y ya no llovía y el desierto olía a creosote mojado y el general Tomás Arroyo hablaba a su gran familia silenciosa y descalza, miren, miren lo que salvé para ustedes, el salón, los lugares bonitos que antes sólo eran para ellos, eso no lo toqué, quemé todo lo demás, la imagen de la servidumbre, la tienda de raya donde los hijos de nuestros hijos iban a deber hasta la camisa que traían puesta, eso lo quemé, los establos donde los caballos comían mejor que nosotros, las barracas donde el destacamento de federales nos miraban todo el día, picándose los dientes con palillos y afilando sus bayonetas, ¿recuerdan todo esto?, los comedores donde se hartaban, las aguas infectadas, los excusados públicos y apestosos y las recámaras donde ellos cogían y roncaban, los perros rabiosos que conozco y temo en mis sueños, mamacita, todo esto lo destruí en nombre de ustedes, menos esto que será para ustedes si logramos sobrevivir. Un salón de espejos.

—Me pasé la niñez espiando. Nadie me conocía. Yo los conocí a todos, escondido. Todo porque un día descubrí el salón de los espejos y descubrí que yo tenía una cara y un cuerpo. Yo podía verme. Tomás Arroyo. Para ti, Rosario, Remedios, Jesús, Benjamín, José, mi coronel Frutos García, Chencho Mansalvo, tú misma Garduña, en nombre de las chozas y las prisiones y los talleres, en nombre de los piojos y los petates, en nombre de…

Lo vieron todos ahora con una especie de temor, temerosos por ellos y por él. Vieron al jefe, vieron al protector, lo vieron con tristeza. Lo vio Pedrito que en 1914 era un niño de once años con un peso perforado de plata en el parche de la camisa, salvado en la iglesia de entre las patadas de los fieles; véanse en este espejo y yo los veré a ustedes.

—No soy más que ustedes, hijos míos. Nomás soy el que guarda los papeles. Alguien tiene que hacer esto. No tenemos otro modo de probar que estas tierras son nuestras. Es el testamento de nuestros antepasados. Sin él, somos como huérfanos. Yo lucho, tú luchas, nosotros luchamos, para que al fin estos papeles sean respetados. Nuestras vidas, nuestras almas…

—Nunca te entenderé —había dicho Harriet.

Pero ahora el gringo viejo al que él les pidió respetar estaba muerto bajo el arco iris desparramado sobre el crepúsculo después de la lluvia. El desierto era

el espejo de sí mismo: mordía el fondo del mar antiguo, la grava de la gran playa abandonada por las aguas
y el general Tomás Arroyo, que nunca había hablado
mucho porque tenía los papeles, ahora tenía que hablar en nombre de los papeles quemados. Ahora la
memoria dependía del jefe, y dependía de ellos. Pero
la mujer con la cara de luna sabía que su hombre Tomás Arroyo no era hombre de palabras, sino que tenía
las palabras.

Por eso le dijo en voz muy baja a la gringa temblorosa:

—Cuando él habla tanto, es que algo va a pasarle. El silencio era su mejor compañero.

En cambio la tropa disolvió pronto el discurso
del jefe con su movimiento hacia adelante, la marea
de sus propias voces y las tareas que le querían decir
que él tenía razón, ellos iban a vivir a pesar de él.

—Ya es hora de seguir adelante. No se entre-
tenga más con los espejos, mi general. Nos va a ir mal
si no nos unimos a Villa. Seremos muy brigada flotante, pero solitos no vamos a llegar a México.

—Mi destino es mío —dijo Arroyo quedán-
dose solo.

—¿Qué le va a hacer la gringa? —le dijo la mujer de la cara de luna a la Garduña, a la hora en que se
habla en secreto para no despertar a la tierra—, ¿qué
le va a hacer a mi hombre?

Pero la Garduña nomás se carcajeó y recordó
en voz alta, sin importarle el reposo del mundo, que
a ella los papeles y los espejos le venían wilson, como
se decía ahora en la tropa villista.

—¿Qué es lo que te importa? —le preguntó la
mujer de la cara de luna.

Y la Garduña recordó que vivía muy sola y pura en su pueblo durangueño, protegida por la santidad de su tía Josefa Arreola, cuando pasó el primer destacamento revolucionario y ella salió a la calle, alborotada, miró a un muchacho joven y guapo pero con la muerte escrita en los ojos, que se dejaba ver, corría, y parecía llamarla a ella, para no estar solo. Ella sintió un calor muy triste pero muy bonito, como de compasión, y ya no regresó más a su casa, acompañando a ese muchacho que fue el padre de su hija hasta que una bala lo mató en el encuentro en La Ascensión. Así dicen que se hizo puta.

—Al menos mi destino es mío —dijo muchas veces en sus sueños inquietos el general Tomás Arroyo la noche en que mató al gringo viejo y llovió en el desierto y las palabras quemadas se fueron volando a gritos.

XIX

La mujer de la cara de luna le dio cuerda a la victrola y silenciosamente colocó la aguja sobre el disco giratorio. Del magnavoz en forma de cornucopia beige y estriada adornada por la figura de un perrito blanquinegro escuchando la Voz de su Amo, salió el sonido sedante aunque rayado de la voz de Nora Bayes cantando *A la luz de la luna plateada,*

By the light light light of the...

Harriet pensó de nuevo en el Wabash y los otros lánguidos ríos de la América del Norte, pero se negó a mirar por las ventanas del tren detenido hacia el desierto mexicano.

La mujer no lo dijo, pero su voz apagada le dejó entender que esta rayada pieza musical serviría para apagarla aún más: ésta era una mujer perpetuamente temerosa de ser escuchada por los hombres, pensó Harriet con cierto desprecio.

La campanita de la hacienda repicó.

La mujer que él llamaba La Luna dijo que era extraño oír una campana y no saber el origen de su rumor. Así supo ella que la revolución había llegado a su pueblecito provinciano en Durango: las campanas empezaron a repicar en una hora que nadie podía identificar como vísperas o maitines o cualquier otra cosa: era como un nuevo tiempo, dijo, un tiempo que no sabíamos imaginar, y entonces ella pensó en la regularidad de nuestro tiempo, generación tras generación aferrada a las estaciones tradicionales, las horas consabidas, incluso los minutos tradicionales: ella fue criada de esa manera, decente, no demasiado rica pero sí decente, su padre un comerciante en granos, su marido un prestamista en el mismo pueblecito donde todos, niños o mujeres, se levantaban a las cinco, para vestirse cuando aún estaba oscuro (eso era muy importante, nunca ver el propio cuerpo) y luego presentarse en la iglesia a las seis y regresar a casa con hambre incluso cuando se habían comido el cuerpo de Cristo (el misterio que aligeraba su memoria, el misterio que intrigaba a su imaginación: un cuerpo en un pedazo de pan, el cuerpo de un hombre nacido de una mujer que nunca había conocido obra de varón, sabe usted, miss Winslow: aquí hablamos con circunloquios terribles, de niñas nos enseñaron a nunca decir piernas sino con las que camino, nunca nalgas sino con las que me siento, La Luna rió suavemente, casi suspirando) (el cuerpo de un Hombre que era Dios) (el cuerpo de un hombre que compartía su divinidad con dos hombres más, ella los imaginaba a los tres como hombres: un segundo hombre barbado, antiguo y poderoso, sentado en un trono, que era al mismo tiempo el hombre joven clavado en la cruz; y un tercer hombre, espectral, sin edad: un mago que se llamaba a sí mismo El Espíritu, y Santo por añadidura, y que sin duda era el responsable en su imaginación infantil de todas las demás transformaciones: uno en tres, tres en uno, uno en la virgen, luego uno fuera de la misma virgen, luego uno muerto, luego resucitado y presumiblemente de regreso entre los tres sin dejar de ser uno y luego los tres-en-uno en una hostia, muchos, millones de trocitos de pan todos conteniéndolo a Él, y el Mago trabajando sin cesar, el Fantasma de un Mundo Espectral): la iglesia se convirtió así en un espectro, igual que mi casa, igual que mi destino: todos éramos espectros desplazándonos por turnos, desayuno, lecciones de lo que se llamaba economía doméstica, comida, repostería, oraciones, merienda, un poco de piano, desvestirse en la oscuridad y a la cama: una vida de niña, y usted me dirá que no era una mala vida; pero cuando la vida del hombre es uncida a la vida de la novia niña, miss Harriet, entonces esa vida se vuelve sombría, repetitiva, como le pasa a las cosas cuando se detienen y ya no florecen más a partir de lo que eran antes de que el hombre, el padre, el marido, estuviese presente para asegurar que una permaneciera siendo la niña novia, y que el matrimonio era una ceremonia del miedo: miedo a ser castigada por no ser más una niña chiquita; y sin embargo este hombre la toma a una, señorita, y la castiga a una con su sexo por no ser ya una niña, por traicionarlo con la sangre menstrual y con el vello sexual y yo que pronto comprobé mi esterilidad para darle hijos era peor: no había justificación para mi feo mono peludo, para mis feroces sobacos peludos, para mi periodo abundante como un albañal, para mis pezones irritados, inflados, florecientes pero sin leche: él me envolvió en su camisón largo burdo grueso con una rajada enfrente de mi coño y el sagrado corazón de Jesús bordado allí con hilo grueso, rojo, plateado, un emblema congelado de mi sucia feminidad, sagrado sólo ahora en el encuentro ciego con su propio sexo intocable: enfundado velozmente, seguido de un suspiro pesado, apenas unos segundos: yo sé que él se masturbaba muchas veces a fin de evitarme, y cuando la imaginación se le secaba o él me necesitaba para probarse a sí mismo que seguía siendo macho, aun entonces jugaba con su pene primero para tenerlo listo al instante de meterlo, dejarlo venirse y salirse rápidamente: yo no debía tener placer alguno y rehusé tenerlo, con o sin él: traicioné todas mis enseñanzas y me vi desnuda algunas veces frente al espejo, pero luego dejé de hacerlo, no porque sintiese la tentación de permitir que mis dedos se extraviaran hacia abajo, lejos de mis tetillas florecientes hacia mi entrepierna oscura y pesada, sino porque empecé a mirarme en ese espejo como una niña anciana, una vieja acartonada e idiota murmurando babosadas infantiles, una muñeca arruinada cantando villancicos obscenos y ensartándome las pingas imaginarias de los animales de peluche en mi vagina reseca, apasada: campanas, maitines, vísperas, confusiones, comuniones, avemarías, meaculpas, credos, humo espeso y sagrado en la iglesia y fuera de ella, homilías, miedo al Infierno, amor a Jesús amor de Jesús el hombre amor del hombre desnudo Jesús en su cruz, en su féretro, el precioso niño Jesús con su pene gordo y chiquito jugando sobre las rodillas temblorosas de su madre: la vida se había detenido y mi marido, cada sábado por la tarde, ordenaba a sus contadores recibir a los trabajadores del lugar, los pequeños comerciantes y los artesanos con sus sombreros de fieltro color marrón y sus camisas a rayas y sin cuello y sus chalecos bien abotonados, así como a los más pobres: los ropavejeros, candeleros, escobilleros y a las escasas mujeres envueltas en rebozos y escondiendo las caras, y las filas más largas de trabajadores del campo que no estaban fijos en ninguna hacienda y que toditos le debían dinero a mi marido: una larga fila de hombres y mujeres a lo largo de una calle del sábado, plana, caliente y polvosa, calle de casas chaparras con las celosías cerradas, casas encadenadas a sí mismas, los candados como cinturones de castidad en cada puerta cochera, señorita, casas encarceladas por sí mismas, los bajos balcones de herrería colgando como jaulas en la cara de las casas: como los bozales de los perros, señorita, amiga, ¿puedo llamarla amiga?

A veces los vi e intenté que mis ojos se encontraran con los suyos cuando salía a confesarme los sábados por la tarde, pero un día crucé la mirada con un hombre impresionante: era un peón muy humilde vestido de blanco y con un sombrero entre sus fuertes manos, pero su cara, me di cuenta, era nueva; no había nada humilde en ella: lo que había era un orgullo temible, me miró y me detuvo con su mirada y con su mirada también me dijo allí mismo lo que yo probablemente quería escuchar (La Luna continuó: ..."Soy pobre y encadenado por la deuda. Tú eres rica y encadenada por la falta de amor. Déjame hacerte el amor una noche"): tal era el orgullo feroz y deseoso de sus ojos, la mueca retadora y torcida de sus sonrientes dientes blancos, la gallardía de su gran bigote negro, la arrogancia desvelada y enmarañada de su cabeza. No pude contenerme, señorita. Toda mi educación me decía que no hiciera lo que hice. Debía bajar mi cabeza y seguir rumbo a la iglesia, deteniendo las cuentas del rosario entre mis manos cruzadas. En vez, me detuve.

—¿Cómo te llamas? —logré preguntarle a este hombre cuya cabeza parecía demasiado grande para su cuerpo corto y poderoso.

Las celosías de todas las casas se abrieron de repente. Los rostros de todas las casas se mostraron súbitamente en las sombras de los interiores.

—Doroteo —me contestó—. Doroteo Arango.

Yo afirmé con la cabeza y seguí mi camino.

Llegué a la iglesia. Me arrodillé al costado del confesionario, modestamente, como conviene a una mujer, protegida por la rejilla del contacto con las manos del cura, pero no de su aliento. Confesé mi lista acostumbrada de pecados veniales. Él sacudió la cabeza.

—Te estás olvidando de algo.

—¿De qué, padre?

—Te detuviste a hablarle a un desconocido en la calle. Un peón. Un hombre que le debe dinero a tu marido. ¿Qué significa esto, hija mía? ¡Temo por ti!

Cuando regresé a mi casa, la fila de gente se había ido, las celosías estaban cerradas.

Al día siguiente, en la iglesia, el padre dio un sermón sobre la caridad. Citó a San Lucas cuando Cristo expulsó a los mercaderes del templo. Pero nos aseguró que la santa cólera de Cristo era una defensa del templo, no una falta de caridad hacia los comerciantes. Éstos habían sido perdonados por Cristo, puesto que Su voz era la de la caridad eterna para todos.

Durante la cena de esa noche le dije a mi marido y a su familia reunida siempre con nosotros que había pensado en lo dicho por el padre durante la misa del domingo y no entendía si la caridad también quería decir el perdón de las deudas.

La palabra cayó como una sábana de hielo quebrado sobre la mesa.

—Deudas —repetí—. Perdonar las deudas. No sólo los pecados.

Mi marido me ordenó abandonar la mesa sin cenar: Yo era siempre la niña, ¿ve usted, señorita, amiga, puedo llamarla mi amiga?

Cuando mi marido subió a mi recámara, yo no estaba asustada, porque sabía lo que debía decirle.

—Te quiero a mi manera. Escúchame —le dije—, por tu propio bien.

—Eres indecente —me interrumpió—, dices cosas indecentes en la mesa, haces cosas indecentes en la calle, de detienes a hablarle a hombres desconocidos, hombres bajos, ¿cómo te atreves, putilla ridícula?

Lo miré derecho, como el hombre llamado Doroteo me miró a mí, y le dije:

—Siente miedo. Debiste mirar a los ojos de ese hombre como yo los miré. Debes tener miedo. Estos hombres son distintos. Han soportado todo lo que pueden soportar. Ahora te verán derecho a los ojos y tomarán tu vida. Cuídate.

Me derribó de un golpe y me dijo que me mandaría castigada al sótano si volvía a portarme mal.

¿Qué había en el sótano?

Yo nunca había bajado hasta allí.

Pero la siguiente noche, un lunes, los rugidos comenzaron a escucharse a toda hora desde el vientre de la casa, como si el simple hecho de mencionar ese sótano donde amenazó mandarme castigada, lo hubiese poblado de terrores, rumores, fantasmas, bestias, voces tarareantes, instrumentos; agucé el oído, traté de distinguir el origen del ruido, el nacimiento de una armonía que quizás llegaba a mis orejas filtrada por mil capas de ladrillo y madera, adobe y empapelado, estacadas y argamasa, sí, y algo más: los velos de todo lo que éramos en esa casa, yo, mi esposo, su familia, los hombres y las mujeres que esperaban afuera los sábados por la tarde, los murmullos y los vaticinios de toda esa gente: ¿me prestarán un poco de dinero, tendré que pagar mi deuda, habrá gracia, habrá gracia, habrá gracia?

Dígame, señorita, mi amiga (¿puedo?): ¿cómo iba yo a distinguir el verdadero origen de los rumores a través de tantísimas capas de ser y no ser y rencor y desesperanza y miedo de olvidar mi niñez y miedo de quedarme con nada sino mi niñez, miedo de no ser jamás una mujer verdadera, miedo de morir, como dije, reseca y humillada, consentida para nada, como una pera dejada a pudrirse en un camposanto?

¿Era el rumor del sótano el de un suave piano tocando *Sobre las olas*, mi vals favorito, una y otra vez?

—No —chilló mi marido cuando el rumor del vientre de la casa fue sofocado por los rumores de las calles—, ¡no!, son los gritos de los prisioneros, vamos a matar a todos los cabrones que se han levantado en armas, cada uno de los pelados mugrosos, pero primero yo los voy a traer aquí a mi sótano para desollarlos vivos, eso es lo que son, lo que siempre han sido —dijo con la taza de té sonajeando contra el platillo—, pelados, desollados, pues desde ahora no será sólo una forma de hablar, serán pelados —pisoteó nerviosamente el piso de cedro con sus pequeños botines abotonados y envueltos en polainas color de fauno—: serán literalmente desollados, pelados como plátanos, como manzanas infestadas de gusanos, como peras podridas en los camposantos, ¡ja! —exclamó, y la taza de té se derramó sobre sus polainas y las manchó—, si no se alinean cada sábado a pagarme lo que me deben, se tendrán que alinear cada día de la semana y ser azotados hasta morir: y ésas serán las voces que escuches desde el sótano, querida —dijo al doblarse para limpiar las polainas—: *ahora ya lo sabes.*

—¿Pero antes? —me atreví a preguntar—. Antes de esto, ¿qué era el ruido allá abajo?

—¡Cómo te atreves a cuestionarme! —exclamó y se puso de pie, amenazándome en el instante mismo, se lo juro, mi amiga, *my friend?*, en que las campanas comenzaron a repicar sin razón, ni maitines, ni vísperas, ni hora alguna conocida por mí en mi tiempo, y una explosión rompió nuestra puerta cochera y los hombres con los Stetson manchados y los torsos como barriles cruzados por cartucheras entraron, pulverizando la frágil concha de la taza de té y uno de ellos señaló a mi marido.

—¡Ahí está, ése es el zángano vil! —y el hombre que yo había visto en la fila hace mucho, el hombre con el temible orgullo en la mirada, el hombre que sin abrir la boca me dijo: "Soy pobre y encadenado por la deuda. Tú eres rica y encadenada por la falta de amor. Déjame hacerte el amor una sola noche": Ese hombre estaba ahora parado en mi sala.

Lo reconocí.

Había visto su cara una y otra vez, en letreros pegados con alfileres a los tableros de noticias de la iglesia, al lado de las invitaciones a novenarios por las almas del purgatorio o recordatorios del día de San Antonio: era Doroteo Arango, decían los carteles, un cuatrero, y ahora estaba en mi salón y ni siquiera me miraba sino que decía violentamente:

—Llévense al zángano allá al corral y afusílenlo ya. No tenemos tiempo. Esta vez los federales vienen pisándonos los talones.

Entonces las campanas dejaron de repicar y los fusiles tronaron en el corral rasgando el aire de la tarde como si fuese lino y yo me quedé sola en mi sala y me desvanecí.

Cuando recobré el sentido —mi amiga, señorita Winslow, ¿me permite…?— no había nadie. Me rodeaba un terrible silencio. Se habían ido y yo no quería ir al corral y ver lo que allí iba a encontrar.

Entonces llegaron los federales y me preguntaron qué cosa había ocurrido. Yo estaba entumida. No sabía.

—Quizás mataron a mi marido. Doroteo Arango…

—Pancho Villa —dijeron, corrigiéndome. Entonces yo no comprendía ese nombre.

—Ya se fueron —dije simplemente.

—Les estamos ganando, no se apure —me dijeron.

—Yo no estoy preocupada.

—¿Está segura de que todos se marcharon?

Afirmé con la cabeza.

Pero esa noche, rehusándome a salir al corral y ver lo que allí estaba, escuché los rumores del sótano pero ahora eran distintos. Quiero decir: allí seguían los ruidos antiguos, pero también había algo nuevo, un nuevo zumbido que sólo yo podía oír, la música de una respiración diferente al desconcertante jadeo que mi marido le había ofrecido a mi miedo (su supremo regalo al miedo que me dio en nombre del matrimonio era miedo, esto yo lo debía aprender y aceptar en su nombre, o en verdad no había lazo real entre nosotros, ve usted). Yo no salí a enterrarlo. Yo no sabía cuántos cadáveres estaban tirados allí, los muertos de la revolución, no las víctimas, me negué a llamarles eso, sólo los muertos, pues ¿cuándo vamos a saber, mi amiga, qué cosa fue justa y qué cosa, injusta? Yo no. No entonces. Aún no: y ese nuevo sonido me llegó con un nuevo miedo: acaso en el sótano de nuestra casa (la llamé *nuestra* sólo ahora que mi marido seguramente estaba muerto) había algo mejor, un tesoro, sí (mis ilusiones infantiles, señorita Harriet, al fin terminando aquí) pero algo que yo supe que debía proteger para que no siguiera el camino de la muerte como mi marido.

No supe qué hacer la primera noche después de que todo esto ocurrió.

Soñé que mi esposo no estaba muerto, sólo escondido entre los pollos en un gallinero alambrado, y que regresó a mí esa noche, abriendo las puertas de la recámara con su horrible pene abriéndose paso mientras yo chillaba de miedo: estaba vivo, pero empapado de sangre.

Luego soñé que lo que estuviera escondido en el sótano me sería arrebatado por los federales cuando regresaran.

Por algún motivo oscuro, no podía tolerar esto.

De mañana muy tempranito salí al corral.

No miré para abajo, pero escuché el zumbido de las moscas.

Arranqué los tablones del gallinero, los junté, los empujé o los cargué o los arrastré como mejor pude hasta la puerta que daba sobre los escalones del sótano.

El trabajo desacostumbrado rasgó mi largo vestido negro, y arañó las manos que hasta entonces sólo habían cocinado pasteles y acariciado el rosario y tocado el pezón solitario.

Por primera vez en mi vida, me arrodillé para algo más que una oración.

Estaba sudando y el baño de mis jugos despedía un olor que yo no sabía que existía en mí, miss Winslow.

Me sentía adolorida y majada y herida cuando clavé los clavos en los tablones cubriendo la entrada al sótano.

Quería proteger lo que había allá abajo.

O quizá sólo hice lo que hubiera hecho si hubiera decidido darle sepultura cristiana a mi marido.

Los actos se parecían, pero su cuerpo no estaba presente.

Dejé que mi cuerpo exhausto descansara encima de los tablones y me dije: "Estás oliendo otro cuerpo. Estás compartiendo otro aliento. No son monstruos los que te esperan allá abajo. El sótano no esconde el terror que tu marido te dijo."

¿Qué había allá abajo?

Yo quería distinguir las cosas que llegué a desear durante ese largo velorio de las que llegué a odiar: si mi marido no estaba enterrado allá abajo, entonces algo suyo seguramente estaba allí, algo apestoso, pútrido, gaseoso, peludo, excremental, goteante y asqueroso. Podía olerlo.

Pero también podía oler otra cosa, algo que yo quería.

Entonces las campanas repicaron de nuevo y yo supe que los federales se habían ido y los hombres de Villa habían retomado el pueblo. Pero quizás me equivocaba y las campanas que nada significaban significaban algo distinto. El mundo no alternaba sus realidades sólo para complacerme.

Mis dudas las resolvió un disparo de pistola desde el sótano, seguido por un segundo balazo y luego el silencio.

Ésta fue la segunda vez que escuché disparos dentro de mi propia casa, pero esta vez no sentí miedo.

Arranqué los tablones con mis manos, supe que debía liberar a quienquiera que disparó esos balazos. Supe que debía abrir las puertas del sótano y ver a los perros muertos allí: sólo perros, nada más.

Y verlo a él salir con los labios limpios.

—Eran sólo perros. —Éstas fueron sus primeras palabras, señorita, mi amiga, ¿puedo llamarle mi amiga ahora? ¿Me entiende usted, miss Winslow?

XX

Pancho Villa entró a Camargo una luminosa mañana de primavera, su cabeza de cobre oxidado coronada por un gran sombrero bordado de oro, no un lujo sino un instrumento de poder y un símbolo de lucha, un sombrero manchado de polvo y sangre, igual que sus anchas manos callosas y sus estribos de bronce azotados por el viento de la montaña: la pátina de pólvora, espina y roca, senderos pinos e inmensas llanuras ciegas se colgaban a su tosco traje de campo color de ante, sus polainas de gamuza, su marrazo de acero y su acicate de plaza, su chaquetilla y sus pantalones abrochados con plata y oro, todo brillante de oro y plata, pero no la especie atesorable sino los metales que nos visten para la guerra y para la muerte: un traje de luces.

Era un hombre del norte, alto y robusto, con un torso más largo que sus cortas piernas indias, con brazos largos y manos poderosas y esa cabeza que parecía cercenada hace tiempo del cuerpo de otro hombre, hace mucho y muy lejos también, una cabeza cortada del pasado aleada como un casco de metal precioso a un cuerpo mortal, útil, pero inútil, del presente. Los ojos orientales, risueños pero crueles, rodeados de un llano de divertidas arrugas, la sonrisa pronta, los dientes salidos brillando como granos de maíz muy blanco, el bigote raído y la barba con tres días de crecimiento: una cabeza que había estado en

Mongolia y Andalucía y el Rif, entre las tribus errantes del norte americano y ahora aquí en Camargo,
Chihuahua, sonriendo y parpadeando y angostando
la mirada contra los embates de la luz, con vastas re-
servas de intuición y ferocidad y generosidad. La cabeza había venido a reposarse sobre los hombros de
Pancho Villa.

Los terratenientes habían huido y los prestamis-
tas se habían escondido. Villa rió frenando apenas su
caballo castaño en las calles empedradas de Camargo,
donde su columna central de la División del Norte se
reunía con las de los demás generales antes del asalto
sobre Zacatecas, el empalme comercial de las haciendas devastadas que él había saqueado para liberar al
pueblo de la esclavitud y el agio y las tiendas de raya.
Entró pisando fuerte sobre el empedrado, encabezando
un séquito de rumores metálicos en contrapunto a la
oquedad extraña de las calles de piedra: chocaban los
frenos de hierro, las barbadas de argolla, los cabestri-
llos y los frenos de cobre; chasqueaban los vaquerillos
con crin de caballo y los acicates y los fuetes.

Todo el pueblo estaba allí, tirando confeti desde
los balcones de hierro forjado, serpentinas desde los
postes de luz, apaciguando el encuentro de metal y
piedras con la marea color de rosa, azul y escarlata de
las fiestas mexicanas, desbordada en los grandes garra-
fones de vidrio con aguas frescas, las rebanadas de dul-
ces de colores y las anchas cazuelas burbujeantes con
salsas negras, rojas y verdes.

También estaban allí los reporteros, los periodistas y fotógrafos gringos, con una nueva invención,
la cámara cinematográfica. Villa ya estaba seducido,
no había que convencerlo de nuevo, ya entendía que

esa maquinita podía capturar el fantasma de su cuerpo, aunque no la carne de su alma —ésta le pertenecía sólo a él, a su mamacita muerta y a la revolución—; su cuerpo en movimiento, generoso y dominante, su cuerpo de pantera, eso sí podía ser capturado y liberado de nuevo en una sala oscura, como un Lázaro surgido no de entre los muertos sino de entre el tiempo y el espacio lejanos, en una sala negra y sobre un muro blanco, donde fuera, en Nueva York o en París. A Walsh, el gringo de la cámara, le prometió:

—No se preocupe, don Raúl. Si usted dice que la luz de las cuatro de la mañana no le sirve para su maquinita, pues no importa. Los fusilamientos tendrán lugar a las seis. Pero no más tarde. Después hay que marchar y pelear. ¿De acuerdo?

Ahora los periodistas yanquis reunidos en Camargo lo asaltaron a preguntas antes de que él se moviera a asaltar a Zacatecas para decidir la suerte de la revolución contra Huerta y de paso la suerte de la política mexicana de Wilson.

—¿Espera que el gobierno de los Estados Unidos lo reconozca si gana usted?

—Ese problema no existe. Yo estoy subordinado a Carranza, el primer jefe de la revolución.

—Todo el mundo sabe que usted y Carranza no se llevan, general.

—¿Quién lo sabe? ¿Usted lo sabe? Pues dígamelo por favor.

—Interceptamos un telegrama que su general Maclovio Herrera le mandó a Carranza ahora que le negaron a usted el derecho de lanzarse contra Zacatecas, general Villa. El texto es muy lacónico. Sólo dice: "Es usted un hijo de puta."

—Ay compañerito, yo no sé decir esas palabrotas en español. Le juro que sólo me salen en inglés: *You son of a bitch*. En todo caso, el señor Carranza ha tenido a bien mandar a los hermanos Arrieta a tomar Zacatecas.

—Pero usted está aquí con toda una división, artillería y diez mil hombres…

—Al servicio de la revolución, señores. Si los hermanos Arrieta, como es su costumbre, se atrancan en Zacatecas, yo llegaré allí en cinco días a darles una manita. No faltaba más.

—Por último, general Villa, ¿qué opina de la ocupación americana de Veracruz?

—Que el arrimado y el muerto a los dos días apestan.

—¿Puede ser un poco más específico, general?

—Los marinos llegaron a Veracruz bombardeando la ciudad y matando a jóvenes cadetes mexicanos. En vez de hundir a Huerta, lo fortalecieron con el fervor nacionalista del pueblo. Dividieron la conciencia de la revolución y permitieron que el borracho Huerta impusiera la infame leva nacional. Los jóvenes que creían que iban a luchar contra los gringos en Veracruz fueron enviados a luchar contra mí en el norte. Yo no sé si eso es lo que buscan ustedes, pero a mí se me hace que los gringos cuando no se pasan de listos, se pasan de tontos.

—¿Es cierto que mató usted por la espalda a un oficial americano, un capitán del ejército de los Estados Unidos, asesinado a sangre fría por uno de sus propios hombres, general?

—¿Quién carajos…?

—La opinión responsable en los Estados Unidos lo está calificando a usted nada menos que como un bandido, general Villa. La opinión pública se pregunta si usted puede ofrecer garantías aquí en México. ¿Respeta usted la vida humana? ¿Puede usted tratar con las naciones civilizadas?

—¿Quién carajos dijo todo esto?

—Una señorita eh, Harriet Winslow eh, de Washington, D. C. Dice que ella fue testigo de los hechos. A su padre se le había dado como perdido en acción desde la guerra en Cuba. Parece que sólo quería evadir las obligaciones familiares, pero luego quiso ver a su hijita ya crecida antes de morirse. Ella vino aquí a verlo. Acusan a un general de su ejército, general. ¿Cómo dices que se llama, Art?

—Arroyo es el nombre, general Tomás Arroyo. Ella dice que lo vio balacear a su papá hasta matarlo.

—Con todo respeto, general, le recordamos que los cuerpos de los ciudadanos de los Estados Unidos matados en México o en cualquier parte del mundo tienen que ser regresados a solicitud de sus familiares para recibir un entierro cristiano y decente.

—¿Eso dice la ley? —gruñó Villa.

—Exactamente, general.

—Muéstreme dónde está escrito.

—Muchas de nuestras leyes no están escritas, general Villa.

—¿Una ley que no está escrita en papel? ¿Entonces para qué demonios aprender a leer? —dijo con una sonrisa de sorna asombrada Villa, luego rió y todos rieron con él y le abrieron paso al hombre que representaba a la revolución y que se preparaba a demostrarle al mundo que no era Carranza, un viejo senador perfumado, parte de la llamada gente decente de México, quien merecía esta representación, sino precisamente lo que Carranza más odiaba, un campesino descalzo, iletrado, bebedor de pulque y mascador de tacos llegado de las colinas inquietas de Durango, que fue azotado por los mismos hacendados que violaron a sus hermanas.

—No —se rió y le aseguró a su distinguido artillero el general Felipe Ángeles, graduado de la academia francesa de St. Cyr—, no lo digo por usted, don Felipe, sino por ellos, los acaba de ver: los gringos nunca se acuerdan de nosotros como si no existiéramos y un buen día nos descubren, ay nanita, y somos el mero diablo en persona que los vamos a despojar de vidas y haciendas, ¿pues por qué no darles un susto de a de veras —sonrió Pancho Villa—, por qué no invadirlos una vez nomás, pa que vean lo que se siente?

Luego le entró una cólera espantosa de que hubiera quienes no entendían la situación; Carranza lo tenía paralizado en Chihuahua para que no fuese Villa el que abriese el camino a México, para que esa gloria fuese de los perfumados, ¡ah! lo que más le erizaba los cojones a Pancho Villa era que ese cabrón viejo barbas de chivo no dejara pasar ocasión para recordarle al antiguo cuatrero de Chihuahua que sus orígenes eran muy distintos: claro, ¡no es lo mismo ser cagatintas que exponer el pellejo! A su secretario el doctor le pidió que redactara entonces su renuncia a la División, iba a subir hasta el cielo la apuesta, cómo no, y a ver si Natera y los hermanitos Arrieta tomaban solos Zacatecas, y a ver por qué el hipócrita de Pablo González no le mandaba ni carbón ni municiones desde Monterrey, y a ver si el poder civil las podía sin la ayuda militar de Pancho Villa: eso se iba a decidir ahora mismo, ¡y pensar que un cabroncito se queda en Chihuahua a crearme problemas con los gringos, encima de todo!, estalló Villa y lo calmó una noche de amor, como siempre.

El general Tomás Arroyo recibió la orden de desenterrar al gringo dondequiera que fuera y de traerlo hasta Camargo. No, le mintieron a propósito, ninguna familia reclamó el cuerpo, sino un periódico, el *Washington Star*, le dijeron. Pero cuando esta orden por fin arrancó a la brigada flotante de la hacienda incendiada de los Miranda, Arroyo sabía bien el nombre de la persona que reclamaba el cuerpo. La vio en sus sueños mientras arrullaba la cabeza muerta del viejo entre sus manos y lo miraba a él de pie a la salida del carro como si hubiera matado algo que le pertenecía a ella, pero también a él, y ahora los dos estaban de nuevo solos, huérfanos, mirándose con odio, incapaces ya de alimentarse el uno al otro a través de una criatura viva y de colmar las ausencias angustiadas que ella sentía en ella y él en él:

—Mira lo que tienes en la mano. Mira lo que tienes agarrado en la mano.

Arroyo no fue capaz de decir otra cosa. Ella miró los pedazos de papel calcinado y Arroyo dijo que el gringo le quemó el alma y ella admitió que quemó algo más: la historia de México, pero ésa no era excusa para el crimen porque la vida de un individuo valía más que la historia de un país y Harriet Winslow se convenció de que a pesar de todo con ella gritaba todo el desierto de Chihuahua:

—Asesino, cochino, grasoso, hediondo cobarde —dijo ella en voz alta— me tuviste a mí pero tuviste que matarlo a él.

—Vino a provocarme —jadeó Arroyo—, igual que tú. Los dos vinieron aquí a provocarme. *Gringos hijos de su chingada madre.*

—No, te provocaste a ti mismo —le dijo ella al terminar ese día—, para demostrarte a ti mismo quién eres; tu nombre no es Arroyo como tu madre; te llamas Miranda como tu padre: sí —le dijo mientras la lluvia dispersaba las cenizas de papel—, eres su heredero resentido, disfrazado de rebelde. Pobre bastardo. Eres Tomás Miranda.

Lo dijo con ferocidad, tratando de herirlo pero sabiendo que pudo haberle dicho lo mismo tranquilamente al viejo tirado junto a las ruedas del carro de ferrocarril con cada balazo que le pegó mostrando su herida en la espalda, sólo en la espalda; pero se lo dijo, con furia para ser justa y recordarle que ella también podía luchar, devolver los golpes. Tomás Arroyo ya no entendía nada. Mató al gringo viejo. No pudo imaginar que a Harriet Winslow le quedaba pelea adentro: debía estar tan vaciada como él. El gringo viejo y los papeles quemados.

—Lo acepté todo de ustedes los gringos. Todo, menos esto —dijo Arroyo mostrándole la ruina de los papeles.

—No te preocupes —le contestó Harriet Winslow con los restos que le quedaban de humor y compasión—. Él creía que ya estaba muerto.

Pero Arroyo esa tarde quería quemar su propia alma:

—¿Qué es la vida de un viejo al lado del derecho de toda mi gente?

—Acabo de decirte que mataste a un muerto. Da gracias. Te ahorraste el gasto de un fusilamiento de ordenanza.

Esto es lo que Villa le exigía ahora a Tomás Arroyo cuando vio el cuerpo acribillado del viejo y retuvo su famosa cólera, con la que dominaba tanto a sus propios hombres como a sus enemigos, este hombre Pancho Villa que tocó la espalda acribillada del gringo viejo y se acordó de algo que le dijo uno de los reporteros yanquis cuando lo entrevistaron en Camargo.

—Tengo un dicho para usted, general Villa. Lo que usted llama morirse no es más que el último dolor.

—¿Quién dijo eso?

—Lo escribió un viejo amargo.

—Ah, entonces quedó escrito.

—Por un viejo amargo, cómo no.

—Ah que la...

Villa ordenó el fusilamiento para esa misma noche, a las doce. Advirtió que sería una ejecución secreta; nadie sabría de ella salvo él, Villa, el general Arroyo y el pelotón.

—Que míster Walsh y su camarita se frieguen, esto no es para él.

El gringo viejo fue puesto de pie con dificultad contra el paredón de cara a los fusiles, con la cabeza colgándole sobre el pecho, el rostro algo desfigurado por los ácidos de su primer entierro en el desierto y las rodillas chuecas.

La orden fue dada en el patio detrás del cuartel de operaciones de Villa, iluminado por las linternas colocadas en el suelo, que ensombrecían extrañamente los rostros. Se escucharon los disparos y el gringo viejo cayó por segunda vez en brazos de su vieja amiga la muerte.

—Ahora está legalmente fusilado de frente y de acuerdo con la ley —dijo Pancho Villa.

—¿Qué hacemos con el cuerpo, mi general? —preguntó el comandante del pelotón.

—Lo vamos a mandar a los que lo reclaman en los Estados Unidos. Diremos que murió en una batalla contra los federales, lo capturaron y lo fusilaron.

Villa no miró a Arroyo pero dijo que no quería andar cargando cadáveres de gringos que le dieran pretextos a Wilson para reconocer a Carranza o para intervenir contra Villa, desde el norte.

—Ya mataremos unos cuantos gringuitos —dijo Villa con una sonrisa feroz—, pero en su momento y cuando yo lo decida.

Se volvió a Arroyo sin mudar de expresión.

—Un hombre valiente, ¿no es cierto?, un gringo valiente. Ya me contaron sus hazañas. Ejecutado de frente, no por la espalda como un cobarde, pues no lo era, ¿verdad, Tomás Arroyo?

—No, mi general. El gringo fue el más valiente.

—Anda, Tomasito. Dale el tiro de gracia. Ya sabes que tú eres como mi hijo. Hazlo bien. Hay que hacerlo todo bien y de acuerdo con la ley. Esta vez no quiero que te me andes equivocando. Hay que estar siempre preparados. Tú se me hace que ya descansaste bastante en esa hacienda donde alargaste tu tiempo y hasta te hiciste famoso.

—Arroyo —le dijo el periodista yanqui—, Arroyo es el nombre.

—Sí, mi general —dijo simplemente Arroyo.

Caminó hasta el cadáver del gringo viejo frente al paredón, se hincó junto a él y sacó la Colt. Disparó el tiro de gracia con precisión. Ahora ya no salió sangre del cuello del gringo. Entonces el propio Villa dio la orden de disparar contra el desgraciado. Arroyo, cuyo rostro era la viva imagen de la incredulidad adolorida. Sin embargo, alcanzó a gritar:

—¡Viva Villa!

Arroyo cayó al lado del gringo viejo y Villa dijo que no toleraría que sus oficiales jugaran jueguitos con ciudadanos extranjeros y le crearan problemas innecesarios: para matar gringos, sólo Pancho Villa sabía cuándo y por qué. El cuerpo del viejo le sería devuelto a su hija y el asunto se olvidaría para siempre.

Los ojos, los brillantes ojos azules del viejo general indiano fueron cerrados para siempre esa noche en Camargo por la mano de un niño con negros ojos de canica y dos carrilleras cruzadas sobre el pecho, que un día le preguntó:

—¿Quiere conocer a Pancho Villa?

Pedrito se sacó del pantalón el peso perforado por la misma Colt 44 que Arroyo puso un día en manos del gringo viejo y lo metió en el parche de la camisa manchada del hombre que se murió dos veces. El propio Villa le dio el tiro de gracia a Tomás Arroyo.

XXI

Harriet Winslow al reconocer el cuerpo acribillado del viejo dijo: —Sí, éste es mi padre— y lo enterró en Arlington junto al cadáver de su madre, que se había muerto cerca de la lámpara posada sobre la mesa, vencida al cabo por las sombras. De manera que primero pensó en su pobre madre, que tanto deseó que Harriet fuese una muchacha cultivada y respetada, aunque la caballerosidad no se mostraba mucho cuando las circunstancias familiares eran más bien estrechas; pero la educación del espíritu requería un complemento social en la vida diaria; la presencia de un caballero. Pasó por alto tanto los prejuicios como las diferencias de opinión y confió en que al cabo la felicidad prevalecería y el orden se impondría. Harriet Winslow pensó que algún día ella descansaría aquí mismo con su madre y un solitario y viejo escritor que fue a México a que lo mataran.

—El gringo viejo vino aquí a morirse.

La noche de su muerte, ella ambuló atarantada por el campamento y luego sintió una gran hambre que supo no era de origen físico, pero que sólo la comida podía aplacar. Se sentó espontáneamente frente a una mujer que estaba echando las tortillas junto a un pequeño brasero ardiente. Pidió en silencio si podía ayudar. Tomó un poco de masa y le dio forma a las tortillas, imitando a la mujer acuclillada enfrente de ella. Luego las probó.

—¿Le gustan? —preguntó la mujer.

—Sí.

—Están bien sabrosas. Pronto nos iremos de aquí. Ya nos detuvimos mucho tiempo por aquí.

—Lo sé. En su lugar. Él en realidad no quiere irse.

—Ah, pues ni modo. Hay que seguir. Yo sigo a mi hombre, le cocino y tengo sus hijos. La vida no se acaba nomás por una guerra. ¿Usté lo anda siguiendo a él?

—¿Qué quiere decir?

—Nuestro general Arroyo. ¿No es usté su nueva soldadera?

Mientras comía la tortilla al lado de la mujer esa ya lejana noche en el desierto; o mientras se sentaba cerca de la tumba del gringo viejo que ahora estaba inscrita con el nombre de su padre; y más tarde ya de vieja cuando recordaba sola todas esas cosas, se preparó para una compasión que quizá sólo traicionó una vez en su vida, cuando reclamó el cuerpo del gringo viejo a sabiendas de las consecuencias. La nueva compasión que, precisamente en virtud de ese pecado, le fue otorgada, ella se la debía a un joven revolucionario mexicano que ofrecía vida y a un viejo escritor norteamericano que buscaba muerte: ellos le dieron existencia suficiente a su cuerpo para vivir los años por venir, aquí en los Estados Unidos, allá en México, dondequiera: la piedad era el nombre del sentimiento con el que Harriet Winslow miraba el rostro de la violencia y de la gloria cuando al cabo ambas se desenmascaraban y mostraban sus verdaderas facciones: las de la muerte.

Luego vino la gran guerra y la revolución al sur de la frontera fue barrida de las primeras páginas de los periódicos hasta que Villa asaltó una población fronteriza en Nuevo México y el general Pershing fue enviado a perseguirlo por esos montes de Chihuahua y por supuesto nunca lo encontró, y no sólo porque Villa conocía esas barrancas y esos caminos de polvo a ciegas, sino por otra razón más poderosa: a Pancho Villa sólo lo podía matar el traidor de adentro.

Por eso dice Harriet Winslow que le hubiera gustado, a pesar de todo, estar presente en la ejecución del general Tomás Arroyo, viendo con sus propios ojos la fuga de ese destino que él siempre consideró suyo, arraigado en su voluntad, y no en la de nadie más. Pero murió a manos de su jefe Pancho Villa y allí se resolvió ese destino posible. Ella siempre se preguntó qué hubiera hecho Tomás Arroyo si sobrevive a la revolución (lo mató la revolución); cuál habría sido su destino en el porvenir de México. El gringo viejo se murió, quizás, quemando ese porvenir común de México y de Tomás Arroyo.

Después de las muertes, Harriet Winslow salió de su cuarto de hotel en Camargo. Había oído de lejos la fusilata de medianoche: el gringo viejo había muerto por segunda vez. Luego hubo una segunda fusilata, una primera muerte y un disparo seco y solitario. También Arroyo murió dos veces.

En la recepción del hotel —un patio de azulejos y macetones y canarios— la esperaba la mujer de la cara de luna.

No le dijo nada. Harriet la siguió hasta una capilla derruida. Pancho Villa estaba en la puerta y al verlas se quitó el sombrero y Harriet miró su cabeza oscura y un poco rala, con el pelo embarrado a las sienes por el sudor. Villa tomó del brazo a la mujer de la cara de luna.

—Usted es mujer de respeto, doña, y también de comprensión.

—No me debes explicaciones, Doroteo Arango. Te conocí cuando te perseguían los federales por cuatrero.

—Usted dejó su casa. Yo dejé la mía.

—Tú no tenías casa, Doroteo Arango.

—Pero ahora soy Francisco Villa y los persigo a ellos por violar hermanas y asesinar padres. Nunca he hecho nada que no sea por la justicia. Ellos me quitaron mi casa.

—Mi hombre está muerto, Doroteo Arango.

—Tomás Arroyo creyó que podía regresar a su casa. Pero nadie tiene derecho a eso hasta que triunfe la revolución. La revolución es ahora nuestro hogar. ¿Tomás no lo entendió? Si cada uno se me va quedando en su casa cuando pase por ella, se acabó la revolución. Ahora el que sienta ganas de quedarse en su casa, se acordará de lo que le pasó a Tomás Arroyo. Éste es un ejército, doña, y a veces hay que romperse el corazón para dejar bien plantado el ejemplo.

—Un día tú mismo vas a querer regresar a tu tierra. Doroteo.

—Será para morirme, doña, nomás.

—Está bien, general Villa. Me guardaré en el pecho que el hogar es una ilusión más de la muerte.

Villa se volteó hacia Harriet y le dijo que había hecho bien en poner la escuela y arreglar la hacienda. Eso mismo iban haciendo ellos por todo el norte de México: poniendo escuelas, repartiendo tierras, colgando usureros y perdonando deudas.

—Pero a veces esto ni se ve porque al mismo tiempo hay que ganar una guerra. Usted sí que salió ganando. Entierre a su papacito, que según me dicen era un valiente y cuénteles allá que Pancho Villa es un hombre de corazón pero también un soldado sin un pelo de tarugo. Cuidadito pues.

Miró a las mujeres, volvió a ponerse el sombrero y les dijo:

—Entren a ver a sus hombres.

Allí estaban los cadáveres de Tomás Arroyo y del gringo viejo. La mujer con cara de luna empezó a llorar, luego a gritar, pero Harriet Winslow recordó que Tomás Arroyo había gritado por primera vez con esta mujer sin consuelo, del puro gusto de poder gritar al amar a una mujer; y Harriet Winslow recordó que ella también gritó por primera vez así con este hombre muerto.

—Mi hijo macho, mi hijo macho —gritaba la amante de Tomás Arroyo la noche de su velorio en una iglesia de Camargo donde un Cristo enjaulado en vidrio, coronado de espinas y cubierto por un manto de burlas los miraba sentado en una caja vacía de cervezas.

Harriet Winslow sólo le dijo al cadáver del gringo viejo:

—Te espera una tumba vacía en el cementerio militar, papá.

También salieron juntas de Camargo la mañana siguiente, que fue una mañana friolenta y rasgada, cada una con su cajón de muerto en sendas carretas tiradas por mulas tristes. La Garduña, Inocencio Mansalvo y el niño Pedro las acompañaron hasta el cruce de caminos. No hablaron. La Garduña iba cargando a su hijita en el rebozo y cuando llegaron al cruce le dio de nuevo las gracias a Harriet Winslow.

—Vas a ver cómo mi hija hace que me entierren en sagrado junto a mi tía doña Josefa Arreola en Durango.

—Ojalá que viva muchos años —dijo Harriet Winslow.

—Quién sabe; pero me moriré pensando en mi angelito hermano que nunca nació y dándote gracias a ti...

—¿A dónde vas a enterrar a mi general Arroyo? —le preguntó Inocencio Mansalvo a la mujer con cara de luna.

Ella contestó sin lágrimas que lo iba a enterrar en el desierto, donde nadie supiera nunca más de él.

—Siento no acompañarte —dijo Inocencio—. Pero debo proteger a la gringa. Son órdenes de mi general Villa.

La amante de Tomás Arroyo asintió, acicateó a la mula vieja y se fue por su rumbo desconocido cuando el coronelito Frutos García iba llegando a darle el último adiós a su jefe. La carretela se perdió en el polvo y Frutos García miró a Harriet y le dijo que la escoltarían hasta la frontera Inocencio Mansalvo y el niño Pedrito también, que era un niño valiente y había querido mucho al gringo viejo.

—Además —se rió con una carcajadota española—, con un niño a nadie le vienen malas ideas. No se preocupe —le dijo, ya serio, a la extranjera—. Usted hizo lo que tenía que hacer. El gringo vino a morirse a México. Quién le iba a decir que se iba a morir por una gringa, caramba. La verdad se murió nomás porque cruzó la frontera. ¿A poco ésa no es razón de sobra?

—Yo también la crucé —dijo Harriet.

—No se preocupe. Nosotros vamos a respetarla a usted y al gringo viejo. Al gringo porque era valiente. Porque traía un dolor en la mirada. Y porque ésa fue la última orden de nuestro general Tomás Arroyo: respeten al gringo viejo.

—¿Y a mí?

—A usted nomás le va a tocar acordarse de todo.

En el largo trayecto de Camargo a Ciudad Juárez, Harriet Winslow tuvo mucho tiempo para pensar en su vida cuando regresara a Washington. Pero había una presencia cálida junto a ella: un niño mexicano. Pedrito quería al hombre muerto que ahora iba a ser llevado a la tumba del capitán Winslow en Arlington. Inocencio Mansalvo se ocupó de todo durante el viaje; comida y lecho, orientación y alerta. Conocía bien estos caminos sin signos. Pero la tierra ya estaba conquistada por la revolución y aquí todos eran villistas.

En Juárez, cuando Harriet se disponía a cruzar al otro lado, el niño Pedrito por fin habló.

—Se te hizo, viejo —le dijo de despedida al cadáver del gringo, mientras Harriet barajaba los papeles burocráticos para el difícil ingreso de un muerto a los Estados Unidos de América—. Se te hizo, viejo. Te mandó fusilar nada menos que Pancho Villa.

Inocencio Mansalvo estaba fumando acodado sobre un barandal del puente y llamó a Harriet con un gesto brusco, sofocado en la ardiente primavera de la frontera. Ella le obedeció. Era su despedida de México. Los dos miraron un rato, sin hablar, las aguas turbias, veloces pero flacas, de ese río que los norteamericanos llaman grande y los mexicanos bravo.

Harriet miró a Mansalvo por primera vez. Era un hombre flaco, de ojos verdes y pelo chino, con dos hendiduras profundas en las mejillas, dos en las comisuras de los labios, dos en la frente, todo en pares, como si una pareja de artesanos gemelos lo hubiera modelado de prisa y a machetazos, para echarlo pronto al mundo. Tenía una hermosa barba partida también. Harriet se mordió un labio; no había *mirado* a este hombre hasta ese día. Esta hora.

Lo vio inmóvil e impenetrable, cortado en dos desde la barba, y supo que se quedaría vigilando la larga frontera norte de México; para los mexicanos la única causa de guerra eran siempre los gringos.

Mansalvo miró sin querer la frontera del lado norteamericano.

—El gringo viejo decía que ya no hay frontera pa los gringos, ni pal este ni pal oeste ni pal norte, sólo pal sur, siempre pal sur —dijo el combatiente y desdobló un recorte de periódico.

Harriet, acodada al lado de Mansalvo, olió el sudor de alcohol, cebolla y cigarrillo negro del hombre. También miró la cara del gringo viejo en el recorte de un periódico norteamericano. Inocencio Mansalvo dejó caer el recorte al río.

—Qué lástima —dijo—. Yo no sé leer inglés. Ora usted ya no podrá leerme lo que decía allí.

Entonces Mansalvo se volvió y tomó con fuerza a Harriet de los brazos.

—Qué lástima. Cómo no se fue usted a enamorar de mí. Mi general estaría vivo ahorita.

La soltó.

—Siempre pal sur —repitió Inocencio Mansalvo—. Qué lástima. Con razón ésta no es frontera, sino que es cicatriz.

Entonces se alejó y Harriet lo vio por detrás, con su chaleco de gamuza encima de una camisa sin cuello y el sombrero tejano cubierto de tierra que Inocencio Mansalvo iba regando al ritmo de su paso norteño, vaquero.

Harriet no volvió a mirarlos ni a él ni al niño. Cuando cruzó el puente de fierro a El Paso, la esperaba una nubecilla de periodistas. Ellos, más que los funcionarios de la aduana, habían certificado ya que el capitán Winslow, perdido en combate en Cuba, seguramente amnésico y desorientado, víctima de la sevicia española en los campos de prisioneros, pero siempre animado por el coraje guerrero que su admirable hija reconoció y recobró en los sangrientos combates de los revolucionarios mexicanos...: Harriet oyó y asimiló la historia urdida por la prensa, la aceptó como parte del tiempo que ella iba a mantener. El féretro fue colocado en un armón del ejército para trasladarlo a la estación de ferrocarril.

—Es usted noticia nacional, señorita Winslow. Un amigo suyo en Washington, el señor Delaney, ha declarado que el Senado la escuchará con gusto para testimoniar sobre la barbarie imperante en México.

Harriet se detuvo. Temió perder el contacto con su compañero, el cadáver recobrado, viéndolo alejarse otra vez, una conciencia errante y perdida en la muerte, más que nunca en la muerte, una conciencia habitada por fantasmas, padres asesinados e hijos perdidos.

—Señorita Winslow... noticia nacional...

Una bruma azul la alejaba otra vez del viejo: Harriet alargó la mano como para detener a ese cadáver errante ahora en una bruma hecha por el hombre, una niebla de vapor puntual y enérgico; para impedir la separación de los dos gringos que vinieron a México, él conscientemente, ella sin darse cuenta, a encontrar la siguiente frontera de la conciencia norteamericana, la más difícil, casi gritó en ese momento Harriet, noticia nacional, noticia nacional, tratando de separarse del grupo de periodistas para no separarse más del cadáver del viejo, la más difícil de todas porque era la más extraña siendo la más próxima y por ello la más olvidada y la más temida cuando resucitaba de sus largos letargos.

—Qué lástima. Cómo no se fue usted a enamorar de mí.

—Fiske, del *San Francisco Chronicle*. No ha contestado a mi pregunta. ¿Será usted testigo para que le traigamos el progreso y la democracia a México? Dese cuenta…

—¿Le traigamos? ¿Quiénes? —dijo Harriet dando vueltas sobre sí misma, aturdida, separada de su muerto, su compañero, mirando de un lado un puente de sol y un polvo moribundo, del otro la carrera azogada de los rieles y el humo azul de la estación de ferrocarril: el féretro envuelto en la bandera de los Estados Unidos.

—¿Quiénes? Los Estados Unidos, señorita Winslow. Usted es ciudadana norteamericana.

—Fiske. Usted me llamó para declarar que su padre había sido brutalmente asesinado.

—Noticia nacional.

—La hemos servido con gusto. Ahora usted…

—¿Cree que debemos intervenir en México?

—¿No quiere vengar la muerte de su padre?

—*San Francisco Chronicle.*

—*Washington Star.*

—¿No quiere que salvemos a México para la democracia y el progreso, señorita Winslow?

—No, no, yo quiero aprender a vivir con México, no quiero salvarlo —alcanzó a decir y abandonó al grupo de periodistas, abandonó al cadáver del viejo, corrió de regreso a la frontera, al río, al sol cansado de ese día que se iba poniendo a lo largo del occidente fronterizo, corrió como si hubiera olvidado algo que no les dijo a los periodistas, como si quisiera decirles algo a los que dejó atrás, como si pudiera hacerles entender que estas palabras no significaban nada, salvar a México para el progreso y la democracia, que lo importante era vivir con México a pesar del progreso y la democracia, y que cada uno llevaba adentro su México y sus Estados Unidos, su frontera oscura y sangrante que sólo nos atrevemos a cruzar de noche: eso dijo el gringo viejo.

Miró del otro lado del río al niño Pedrito y a Inocencio Mansalvo, les gritó pidiendo perdón por la muerte de Tomás Arroyo, pero ellos no la oyeron ya ni la hubieran entendido. *Sólo cumplí el deseo de Arroyo, morir joven, llevarme su tiempo, mantenerlo ahora.*

No la oyeron gritar cuando el puente estalló en llamas.

Ellos le dieron la espalda y la vieron para siempre entrando a un salón de baile lleno de espejos, sin mirarse a sí misma porque en realidad entraba a un sueño.

XXII

—Miré dentro de esa casa (dijo Arroyo más tarde: ahora ella se siente sola y recuerda) y vi a mi madre casada. Mi madre casada en la casa de mi padre. Vi a la mujer de mi padre y la vi soltera. Así lo decidí. Nadie había tocado a la mujer legítima de mi padre. Él no la había tocado. Él había tocado a mi madre: yo nací. Mi madre estaba casada con mi padre, no la mujer legítima de mi padre. Ésta no era como yo la imaginé con el viejo Graciano aquella noche que me marcó para siempre, gringuita. Era una mujer amarillenta y anciana como un queso viejo y rajado, arroyado por el abandono, sin nadie que lo comiese, durante mucho tiempo. Era tan negra como su ropa, la negrura de la ropa imitando la negrura de todos los pliegues de su carne escondida. Mortificada, mortificada: lo que desde niños escuchamos en la iglesia, la mortificación de la carne, la confesión de todos los pecados, el perdón de todos los pecados antes de morirnos: ¿tu iglesia es tan dura como la nuestra, gringuita, tan rápida en atribuir el pecado pero también tan veloz en absolverlo? Cuando la mujer legítima de mi padre venía a la capilla en días de fiesta yo me preguntaba si sería perdonada después de confesar sus pecados; pues yo no podía imaginar a mi padre de rodillas y diciendo "Perdóname": eso era ella, la portadora de los pecados de mi padre porque era la feliz recipiente de su riqueza, su nombre y su cuidado: ella tenía que pagar todo esto confesándose en su nombre. A él nunca lo pude ver de rodillas. En cambio, a mi madre no le había ofrecido alegría alguna, ni riqueza, pero tampoco pecado: yo no era un pecado, yo su única posesión no era, lo repito, un pecado. Yo no tenía nada que confesar, nunca. Ni siquiera la transformación de la mujer legítima en la mujer reseca, negra, intocada. ¿Y él? Mi deseo más secreto era estar con él después de su muerte. No al morir; don Graciano merecía eso más que mi padre, muchísimo más, y yo no se lo había dado. Mi padre no merecía nada. Juré que si por algún extraño destino yo llegaba a estar presente en la muerte de mi padre, le rehusaría mi mirada, aunque él me rogase que mis ojos lo condujesen por el camino de la muerte; juré que reservaría mis ojos para su corrupción, lo desenterraría y lo llevaría conmigo y me quedaría con él durante todos los días y todas las noches necesarias para ver la decadencia de su carne, el pelo creciéndole y luego ya no, sus uñas furtivas arañando la quietud del mundo, y luego deteniéndose también; sus párpados desintegrarse y la mirada de su muerte reaparecer desafiándome a que lo mirara, sus huesos aparecer tan blancos y tan limpios como las cabezas del ganado muerto en el desierto; ¿tú sabes cuánto tiempo toma para que la verdadera muerte, la desnudez absoluta del hueso (ella se lo preguntó antes de que él pudiera hacerlo) se manifieste, cuánto tiempo para que la esencia absoluta de nuestra eternidad sobre la tierra aparezca, Arroyo, cuánto tiempo, sobre todo, para que toleremos la visión no sólo de lo que hemos de ser sino de la eternidad en la tierra como es de verdad, sin cuentos de hadas, sin fe en el espíritu o esperanza de resurrección? ¿Cuánto tiempo te hubieras pasado contemplando el cadáver de tu padre, Arroyo? ¿Cuánto tiempo hubieras mirado a la muerte después de la muerte, Arroyo, sin saber, pobre valiente idiota, que la muerte es sólo lo que ocurre dentro de nosotros?, está bien, tienes razón pero no como tú lo piensas, no la muerte inseparable de la vida como tú lo crees, sino la muerte en vez de la vida mientras creemos estarla viendo: yo, Harriet Winslow, vivía de tantas maneras una muerte dentro de mí, sabiendo que estaba muerta y que sabiéndolo la muerte sólo ocurriría dentro de mí, sólo dentro de mí y lo demás no contaba: ahora tú dime, general Tomás Arroyo, tú dime si yo he salido de mí misma, de alguna manera, misteriosamente, sin que yo misma sepa cómo, y habiendo vivido mi muerte solamente dentro de mí, ahora he salido a la vida fuera de mí, la vida que ignoraba, ahora la admito y tú eres parte de esa vida, pero sólo parte, mi hombrecito, no te sientas tan orgulloso, hay un millón de cosas que caen en cascada y mis palabras, mis sueños, mi tiempo, aunque los duplicaras como lo dijiste del viejo que nos odiaría si le diéramos el regalo, como tú dices, de otros setenta años, nos detestaría: ¿hay otros, además de ti, que lo hayan condenado, Arroyo?, el viejo es ahora parte de la vida fuera de mí que ahora milagrosamente parece ser la única vida dentro de mí, ¿me entiendes? y también tu amante la mujer llamada La Luna, y también la pobre mujer a cuya hija yo le salvé la vida mientras dudaba si valía la pena salvarla, dudaba si yo podría jamás tener mi propio hijo y luego salvarle la vida como salvé la de lo desconocido, lo anónimo: Arroyo, yo lo sé, no he conocido a toda tu gente, no les he dado mi mirada a todos como hubiera querido, sé que he perdido algo, ¿qué es lo que he perdido?, ¿hay un par de ojos que debieron encontrarse con los míos, soy culpable de no haber establecido, por primera vez, un mundo fuera de mí, fuera de mi mundo cerrado, lo soy, Arroyo? Tú debes decirme. Yo no puedo asimilarlo todo en tan poco tiempo. Yo soy débil y extranjera y aun en mi condición de aristocracia empobrecida, un ser protegido. ¿Entiendes esto? Pero he aprendido. Estoy haciendo un esfuerzo, te lo juro. Estoy tratando de entenderlo todo, a ti, a tu país, a tu pueblo. Pero también soy parte de mi propio pueblo, no puedo negar lo que soy, Arroyo, y aquí no tengo padre ni madre ni nada más que el viejo, sólo en el viejo me reconozco yo aquí mientras trato de reconocerlos a todos ustedes. Sólo él, ¿me escuchas, Arroyo? Tú me has obligado a escucharlos a todos ustedes (dime si me he perdido algo, Arroyo) y yo he tratado de entender por qué están ustedes haciendo todo lo que hacen. Pero si tú me permites ver que les harás a ellos las mismas cosas contra las cuales ellos están luchando, la muerte-dentro-de-ellos de la cual están huyendo en este movimiento asfixiante en el que todos estamos capturados, si yo creo que tú vas a dañarlos de la misma manera en que tú fuiste dañado de niño, Arroyo, entonces, Arroyo, me habrás matado y me habrás enviado de vuelta al aislamiento que es mi propia muerte, la única muerte que yo he conocido jamás. Y eso no te lo perdonaré Arroyo. No hagas nada contra tu propio pueblo. Pero tampoco hagas nada contra mi única gente, el viejo que escribe, Arroyo. Eso no te lo perdonaré nunca —dijo Harriet.

Entonces los cadáveres del encuentro durante la noche de los cerdos chillantes fueron tendidos alre-

dedor de la plaza enfrente de la iglesia. Harriet había
visto la reproducción del cuadro de uno de los viejos
maestros que su tío abuelo odiaba tanto como deseaba, deseaba si eran famosos y sin precio, odiaba
cuando aun su fama no podía disfrazar la distorsión
de la realidad, las perspectivas tan escandalosamente
irreales y autodramáticas (¿odiaba su tío abuelo algo
tanto como el desplazamiento de la vida por el teatro,
todas las cosas que se negaban a fundirse y desaparecer en su esquema del mundo, silenciosas y reticentes
a fin de que él, míster Halston, pudiese ocupar el
digno centro de todo? "¡Qué lejos!", gritó Harriet casi
con cólera): le recordaban el Cristo de Mantegna, tan
solitario en su plancha fúnebre, sus pies, su cuerpo
entero disparándose fuera de la tela, pateando al es-
pectador como si deseara despertarlo violentamente
al hecho de que la muerte no era noble sino baja, no
serena sino convulsiva, no prometedora sino irrevoca-
ble e irredenta: los ojos vidriosos a medio cerrar, la
barba rala de dos semanas, los pies ulcerados, las bocas sin aliento y medio abiertas, los hoyos nasales atas-
cados, los costados sangrientos, las greñas empapadas
de polvo y sudor, la sensación aterradora de la presencia de los nuevos muertos, de su jurar y su cargar y su
andar y su detenerse erectos apenas horas antes: Arroyo
tenía razón al hablar de la muerte de su padre y de la
vigilia de su hijo sobre los despojos del padre: qué tal
si de repente el padre salta de regreso y prueba que todos están muertos ya (esto es lo que ella supo un momento antes recostada con Arroyo en el carro de
ferrocarril) y que todos estábamos duplicando nuestro
tiempo en otra circunstancia, otra posición, otro
tiempo: ¿eran todos estos cuerpos cuidadosamente

tendidos alrededor de la plaza como muñecos blanqueados (pálidos como la niebla Arroyo que descendió de las cumbres y sin embargo anhelaba regresar a los montes) sólo la prueba de que ellos mismos —el viejo escritor y el joven general, su padre errante y su madre arraigada, el niño Pedrito y la mujer de la cara de luna— eran todos ellos cuerpos ocupados por los muertos, cadáveres habitados en el presente por gente llamada "Harriet Winslow", "Tomás Arroyo", "Ambrose Bierce"?... Se detuvo con un miedo helado: como si nombrar a alguien, especialmente por primera vez, fuese en verdad una violación de su vida: como si al decir este nombre inmediatamente condenase a muerte al viejo, lo vio allí tendido entre los muertos de la batalla, preguntándose si Arroyo lo había matado, o ella en su imaginación, o el propio viejo en su propio deseo, oscuro y laberíntico: un nombre que ella leyó en la cubierta de los libros que el viejo acarreaba consigo; un nombre que seguramente no era el suyo, porque él no quería ser nombrado y ella respetaba su deseo expreso a fin de respetar todos los deseos implícitos también: ella estaba aprendiendo a ocuparse de lo invisible a través de lo que podía ver, y de lo visible a través de lo que no podía ver: hace unas horas, estos cuerpos estaban animados y ahora ella vio cómo los habían destripado las bayonetas, los intestinos derramados, los cerebros atravesados por las balas, los pechos puntuados por la metralla, las piernas irrumpiendo en rojos hoyos volcánicos de polvo sulfúrico, las nalgas cagadas con la última mierda, los pantalones mojados por la última meada; quizás la última semilla, quizá, sí murieron con las erecciones que algunos hombres tienen cuando se enfrentan a la muerte. "Ambrose Bierce" era un nombre muerto impreso en las cubiertas de los libros que un viejo llevaba en su viaje a la muerte. Harriet no lo llamaría "Cervantes", el nombre del autor del otro libro. De manera que llamarlo "Bierce" quizás era igualmente extravagante. Pero el segundo nombre le daba un calosfrío: era un nombre invisible, simplemente porque el gringo viejo no tenía nombre: su nombre era ya un nombre muerto. Tan muerto como los cadáveres cuidadosamente dispuestos alrededor de la plaza. ¿Tuvieron ellos alguna vez un nombre? ¿Quién había entre los cuerpos que ahora vio al cruzar la plaza que ella había conocido en fiesta y en luto, cuando las plañideras se instalaron en las esquinas y comenzaron su metamorfosis ritual de vida y muerte en gesto y palabra? ¿Quién había allí que ella conociera allí? ¿Estaba allí su propio padre? ¿Estaba allí el gringo viejo? ¿Estaba allí el padre de Arroyo en medio de los gritos y el polvo naciente y las cenizas moribundas de comidas olvidadas?

—Mi padre fue muerto a tiros en Yucatán. Al viejo cabrón se le metió en la cabeza tener a una indiecita hermosa en la hacienda de nadie menos que don Olegario Molina, que era el gobernador eterno de la provincia. Aquéllos eran los días del auge del henequén. Todos sabíamos que nada dejaba tanto dinero como la cosecha de henequén. Yucatán era gobernado por la casta divina, así le pusieron ellos mismos, los muy cabrones. Mi padre era un terrateniente del norte, aquí donde estamos ahora: desierto y nopal y unas cuantas viñas aquí y allá, también magueyes y buenas cosechas de algodón. Noches frías aquí en el desierto. Estamos arriba, el aire es delgado. Dicen que allá abajo es caliente y húmedo el año entero. Una dura costra de tierra sin ríos. Pozos muy hondos. Selvas color gris, dicen. Yo no he estado allí. Cuentan que las vírgenes las echaban en los pozos. Mi padre era huésped de la hacienda y sentía que merecía a la muchacha bonita que vio trabajando allí. Pasa a cada rato. Dicen que la tuvo la mera víspera de la revolución. Él ya estaba viejo, pero tan gallo como siempre. Como la tierra entera olía a azufre y sangre, ha de haber creído que ya estaba entrando al hoyo del infierno y debería apurarse para su última gran cogida. Dicen que la tuvo en su propia recámara y que ella pataleó y tumbó el mosquitero que cayó encima de los dos y que él gruñó de placer con esto, sintiendo la humedad de la sangre de la muchacha manchando el mosquitero con las moscas y los insectos capturados en la tela que les cayó encima como una nube ligera pero estranguladora y los baldaquines de cobre temblaron y la muchacha también: ahora otro hombre como yo, el novio de la muchacha, que estaba encargado de las llaves de la hacienda, ¿quién sabe?, de darle cuerda a los relojes también, la vio salir de la recámara de mi padre y le golpeó la cara con las llaves pero ella no lloró, nomás dijo: "allá adentro está él", mi padre estaba allí, gringuita, frotándose otra vez su verga ulcerada, limpiándola de la sangre, un viejo recio ahora con su pene eternamente embarrado de sangre, imaginando que se estaba cogiendo en una virgen a todas las mujeres de México cuando les tocaba la luna, cogiéndose a la luna como se cogía a una mujer, ah viejo cabrón, cómo lo detesto y cómo deseo haber estado allí cuando esa pareja de jóvenes, una pareja como yo y… y… carajo, no como tú, miss Harriet, maldita seas, ni como La Luna tampoco, chingada sea, la última muchacha que mi padre se cogió jamás no era como ninguna mujer que yo haya tenido nunca, chingada seas gringa, nadie como esa mujer, digo chingada seas gringa y chingada sea La Luna y chingadas sean todas las viejas que no se parecen a mi madre que es la melliza de la última mujer que mi chingado padre tuvo jamás: ellos lo mataron allí mismo en la cama, ¿sabes?, fue horrible: le metieron las llaves de la hacienda en la boca, todititas, lo obligaron a tragarse las llaves, gringa, hasta que se ahogó y se volvió azul como el metal y entonces lo arrastraron envuelto en el mosquitero y las sábanas durante las últimas horas de la noche, cuando el amanecer ni se sospecha, lo metieron en el canasto de la ropa sucia y esperaron hasta el amanecer, entonces lo llevaron al cenote, al hoyo profundo, y allí lo colgaron, lo colgaron de los güevos, con un garfio que usan para levantar las pacas lo colgaron y él le dijo a ella:

"—Yo me voy a la revolución, pero tú quédate aquí y no digas nada. Tú ven aquí y míralo pudrirse colgando de las bolas aquí mismo donde nadie sabrá que está. Tú no sabes nada, acuérdate. Nomás ven tú solita a mirarlo. No dejes que nadie sepa o venga contigo. Tú me dirás cuando se haya podrido todito y no quede nada de él más que sus viejos huesos limpios. Entonces puedes descubrirlo y darle sepultura cristiana.

"Yo vengo del norte. Este hombre desconocido, el asesino de mi padre, viene del sur. La revolución se mueve. En algún lado hemos de encontrarnos. Puede que en la capital. México. Yo lo abrazaré. Él vendrá a conocer esta tierra donde mi padre un día fue poderoso y temido. Yo iré a conocer la tierra donde su esqueleto está colgado en un pozo."

—También amarás a la muchacha y se la quitarás al asesino de tu padre.

—Puede.

Entonces volvió a tomarla y mientras ella sintió ese cuerpo tosco y esbelto golpeando fuerte y dulcemente contra su clítoris, acariciándolo sabiamente con su cuerpo nervioso y lustroso mientras duraba dentro de ella un momento eterno, esperando que ella se viniera, dependiendo no sólo de su dura estaca sino de su caricia, su ritmo sexual era el latido de su corazón, sintiendo el ritmo de su pubis contra el clítoris de la mujer, Harriet supo que éste era un instante y que ella no volvería a poseerlo nunca, no porque no pudiese tener el sexo una y otra y otra vez, sino porque no podría tener nada más que le perteneciera a Arroyo: se vino con un gemido intolerable, un gran gemido animal que no hubiese tolerado en nadie más, un suspiro pecaminoso de placer que desafiaba a Dios, se burlaba del placer (ella misma no lo hubiese tolerado en ella hace un mes), un grito de amor que le anunció al mundo que esto era lo único que valía la pena hacer, tener, saber, nada más en este mundo, nada sino este instante entre el otro instante que nos dio vida y el instante final que nos la quitó para siempre: entre ambos momentos, déjame sólo este momento, rogó, y luego se cortó violentamente del cuerpo de Arroyo con un gesto más temeroso que la castración, un gesto de odio infinito hacia el hombre que le ofreció lo que ella sabía que nunca podría ser y sabiéndolo, descubrió que cuanto él le estaba dando y podía darle en cualquier momento era precisamente lo que no podía darle: la traducción de la plenitud de su cuerpo al viaje largo, fragmentario y pedestre hacia los años: este instante de excepción era de ella para siempre, pero la fuente del instante no. La muchacha esperando que el cuerpo colgado en el pozo sagrado en Yucatán se pudriera, un viejo descalzo que se negaba a usar ropa de ciudad, una fértil mujer llamada la Garduña como la bestia carnicera que devora las crías ajenas, o una mujer con cara de luna que permitía a su propio hombre tomar a otras mujeres mientras ella esperaba pacientemente fuera de la puerta, un pueblo prácticamente idólatra moviéndose de hinojos hacia un Cristo sangriento envuelto en terciopelos y coronado de espinas, o un joven, otro asesino, el doble de Arroyo, marchando con la revolución desde el sur para encontrarse con Arroyo en el ombligo del país que era como un cuerpo moreno, la suma de sus cuerpos morenos, un país con la forma de una cornucopia vacía de piel dura y carne sedienta y muslos sudorosos y brazos macilentos: todos ellos podían conocer la fuente del instante que ella vivía con Arroyo, pero ella no: para ella todo esto no podía tener nunca un sentido, una prolongación, una presencia continuada en su propio futuro, cualquiera que éste fuese.

Fue en este instante, en los brazos de Arroyo, cuando Harriet odió a Arroyo, sobre todo, por esto: ella había conocido este mundo pero no podía ser parte de él y él lo sabía y sin embargo se lo ofreció, la dejó saborearlo a sabiendas de que nada podía mantenerlos unidos para siempre y quizás hasta se rió de ella: ¿no te hubiera valido más nunca llegar hasta aquí, gringuita? y ella dijo que no, ¿si te hubiera tratado con respeto?, y ella le dijo que no, ¿si te hubiera mandado de regreso a la frontera enseguida, escoltada por mis hombres?, y ella dijo que no, ¿si ahora te quedaras aquí conmigo para siempre y yo dejo a La Luna y tú te vienes conmigo a conocer a mi hermano desconocido de Yucatán que asesinó a mi padre?, y ella dijo que no, no, no (¿si vivimos juntos y criamos hijos y nos casamos y nos hacemos viejos juntos, sí, gringuita?)

—No.

—¿Temes que un balazo me mate algún día?

—No. Temo lo que tú puedes matar.

—¿A tu gringo, crees?

—Y a ti mismo, Arroyo. Temo lo que te hagas a ti mismo.

—Créeme, gringa, la mayor parte del tiempo yo no soy yo. Yo vengo rápido, dando de tumbos desde lo que tú ya sabes. Ahora me he parado aquí en la casa que fue mi pasado. Ya no es eso. Ahora lo sé. Debemos seguir adelante. El movimiento no se ha acabado.

—¿Has desobedecido órdenes quedándote aquí?

—No. Estoy luchando. Ésas son mis órdenes. Pero —rió Arroyo—. Pancho Villa detesta a cualquiera que quiera regresarse a su casa. Eso él lo ve casi como traición. Seguro que me he expuesto al tomar la hacienda de los Miranda y quedarme aquí.

Él iba hacia el sur, hacia la ciudad de México, a encontrarse con su hermano que asesinó a su padre.

Ella no.

—No puede ser —dijo Harriet con amargura—. Me estás ofreciendo lo que yo nunca puedo ser.

Y esto Harriet Winslow nunca se lo perdonó a Tomás Arroyo.

Le hubiera gustado, al final, alargar la mano para tocar la del viejo, pecosa y huesuda, con su grueso anillo matrimonial, y decirle que lo que hizo no fue para vengarlo a él, sino para pagarle a Arroyo por el daño que le hizo a ella: él sabía que ella nunca sería lo que él le demostró que podía ser. Entonces ella, condenada a volver a su hogar con el cadáver del gringo viejo, tuvo que demostrarle a Arroyo que nadie tiene derecho a regresar a su casa.

Sin embargo Harriet Winslow sabía —le dijo al escritor errante, acariciando la mano cubierta de vello blanco— que no dañó a Arroyo, sino que le dio la victoria del héroe, la muerte joven. También él, el gringo viejo, se salió con la suya: vino a México a morirse. Ah, viejo, te saliste con la tuya y fuiste un cadáver bien parecido. Ah, general Arroyo, te saliste con la tuya y te moriste joven. Ah, viejo. Ah, joven.

XXIII

Ahora ella se sienta sola y recuerda.

Nota del autor

En 1913, el escritor norteamericano Ambrose Bierce, misántropo, periodista de la cadena Hearst y autor de hermosos cuentos sobre la Guerra de Secesión, se despidió de sus amigos con algunas cartas en las que, desmintiendo su reconocido vigor, se declaraba viejo y cansado.

Sin embargo, en todas ellas se reservaba el derecho de escoger su manera de morir. La enfermedad y el accidente —por ejemplo, caerse por una escalera— le parecían indignas de él. En cambio, ser ajusticiado ante un paredón mexicano... "Ah —escribió en su última carta—, ser un gringo en México; eso es eutanasia."

Entró a México en noviembre y no se volvió a saber de él. El resto es ficción.

Este libro fue comenzado en un tren entre Chihuahua y Zacatecas en 1964 y terminado en Tepoztlán, Morelos, en 1984, en la casa de Antonio y Francesca Saldívar y utilizando la máquina de escribir del pintor Mariano Rivera Velázquez.

México, febrero de 1985

Gringo Viejo de Carlos Fuentes
se terminó de imprimir en el mes de octubre de 2021
en los talleres de
Grafimex Impresores S.A. de C.V.
Av. de las Torres No. 256 Valle de San Lorenzo
Iztapalapa, C.P. 09970, CDMX, Tel:3004-4444